Erstausgabe 2024

Verlag: BoD • Books on Demand GmbH,
In de Tarpen 42, 22848 Norderstedt
Druck: Libri Plureos GmbH,
Friedensallee 273, 22763 Hamburg

ISBN: 978-3-7597-3630-7

"Gedankenspiele die das Leben schrieb"

Episoden - Allerlei

Autorin: Eva Ilona Dancs

Zeichnungen von Margit Bischlager und

Eva Ilona Dancs

ALLER ANFANG IST

SCHWER

VON

EVA ILONA DANCS

Manchmal habe ich das Gefühl, dass einige Männer, wenn sie zum ersten Mal am

Lenkrad sitzen, augenblicklich Meister der Fahrkunst sind. Diesen Eindruck

vermittelte wenigstens mein holder Ehegatte, als ich zu seinem grenzenlosen

Erstaunen die Fahrprüfung aufs erste Mal und mit Bravour bestand. Gönnerhaft lud

er mich abends zur ersten Spazierfahrt ein. Vergleichbar mit einem Opferlamm

kauerte er auf dem Beifahrersitz, die Schulter an der Tür pappend und sich

krampfhaft am Seiten-Halte-Griff festklammernd, gab er mir das nötige

Selbstbewusstsein. Sein unheimliches Vertrauen in meine Fahrkünste ließen mich

denn auch bissig bemerken: „ der Verbandskasten liegt griffbereit im Kofferraum

9

und wenn du meinst hol ich dir noch einen Sturzhelm." Meine fahr-technische

Umstellung vom VW - Golf der Fahrschule auf unseren Opel Caravan bereitete mir

doch gewisse Schwierigkeiten, die ich aber locker in den Griff bekommen hätte,

wenn mein fahr erprobtes Ehegespons nicht ständig am palavern gewesen wäre.

Insgeheim schwor ich mir: „ bevor er das nächste mal mitfährt verbinde ich seinen

Mund mit zehn Kilo Hansaplast!!"

In den Genuss, nach drei Monaten, sein Heiligtum endlich wieder benutzen zu

dürfen, kam ich nur weil er nach Frankfurt reisen musste und ich mit meiner

Schwiegermutter Geschäftsdienst hatte!!

Meine Schwiegermutter, Führerscheinlos und total auf Sohnemann fixiert, flüsterte denn auch mit vibrierender Stimme: „ Georgs Auto scheinst du ja schon ganz gut im

Griff zu haben. Aber wenn du weniger aufs Gas treten würdest, wäre mir wohler."

Ein Blick auf den Tacho: „ Schwiegermutter, tut mir leid, aber Tempo Fünfzig muss ich

schon fahren, sonst glaubt der Fußgänger auf dem Seitenstreifen noch, wir wollen Jagd

auf ihn machen!!"

Als ich sie nach Ladenschluss sicher und wohlbehalten zu Haus ablieferte, starb mir

der Wagen ab. Schwiegermutters Einladung, ich könnte ja bei ihr schlafen,

verstärkten meine hektischen Versuche den Wagen wieder in Gang zu bringen. Ein

freundlicher Nachbar hatte ein Einsehen, ließ den Wagen die abschüssige Straße hinab rollen und das vertraute Motorenbrummen ließen mich

erleichtert aufatmen.

„ Danke schön, auf Wiedersehen", Fuß aufs Gaspedal und ich

brauste los Richtung

Heimat. Besser gesagt ich wollte an Tempo zulegen, der

Wagen aber zuckelte nur

wie ein altersschwacher, asthmatischer Traktor den Berg

hinauf.

 Das ständig aufblinkende rote Lämpchen am Armaturenbrett

irritierte mich zwar leicht,

aber mit letzter Verzweiflung drückte ich das Gaspedal fast bis

zum Anschlag durch.

Fix und fertig bog ich in unsere Einfahrt und riss aufatmend die

Fahrertüre auf.

Fritz, unser Nachbar kam grinsend angeschlendert und

spöttelte.

„ Na, wie fährt es sich denn so mit angezogener

Handbremse??"

Das rote Lämpchen!! Glaubst du, dass der Wagen die zwanzig Kilometer ohne Schaden überstanden hat??"

Eine Probefahrt mit unzähligen Bremsmanövern, durchgeführt von Fritz, zeigte was deutsche Wertarbeit bedeutet und ersparte mir die Blamage meinen Mann die Affäre"Handbremse" zu beichten.

Zum Geburtstag sollte ich endlich einen eigenen Wagen bekommen: Die Probefahrt mit dem „ hässlichen Entlein", zeigte mir dass ich durchaus an Seekrankheit auf Landstraßen leiden konnte. Und so fiel die Wahl schließlich auf einen hellblauen VW Käfer - Marke uralt. Völlige Sicherheit, richtig gewählt zu haben, bekam ich, als ich beim Einsteigen unbemerkt in einen Hundekothaufen stieg. Trotz Generalreinigung und geöffnetem Fenster, blieb der penetrante Geruch einige age erhalten. Worauf ich meinen naserümpfenden Beifahrern grinsend versicherte:

„was willst du, Sche...!!, bringt bekanntlich Glück!!" Stolz über mein heißgeliebtes

Käferchen kutschierte ich mein zweijähriges Töchterlein durch die Gegend, wenn sie mal wieder unter Einschlafschwierigkeiten litt.Die erste von mir fabrizierte Delle erhielt Käferchen als ich unsere enge Ausfahrt rasant im Rückwärtsgang verlassen wollte. Um die völlig deplazierten Betonposten links und rechts kam ich ja noch gut vorbei. Nur das Mülltonnenhäuschen, ebenfalls us massiven Beton, wurde mir zum Verhängnis. Knapp, wie unsere Ausfahrt nun mal war, verfing sich der rechte Kotflügel im Knauf der Eisentür des Häuschens. Wildes hüpfen und gestikulieren meines Mannes legte ich als Zustimmung zur freien Fahrt aus. (Übertriebene Gesten waren ja schon immer sein Markenzeichen!)Lachend gab ich noch mehr Gas, - grausames Knirschen gepaart mit blechernem scheppern ließen mich erschrocken auf die Bremse trampeln. Mein Kotflügel abstrakt verbogen, das Mülltonnenhäuschen radikal aus der Verankerung gerissen, gaben meinen brüllendem Eheliebsten endgültig die

Gewissheit: „ dein Gefühl für

das richtige Tempo ist glatte Allgemeingefährdung!!" Eben so

laut erinnerte ich

meinen Mann, wie er bei seiner ersten Ausfahrt den einzigen,

riesigen

Schneehaufen, neben dem Straßenrand, mit vollem Tempo

nieder bretterte, weil er die Bremse mit dem Gaspedal

verwechselte. „ Der Mann vom Abschleppdienst hat sich fast

scheckig gelacht, als du ihm glaubhaft versichern wolltest, dass

du mitten im Stadtgebiet einem Reh ausweichen musstest!!"

Wutentbrannt ließ ich meinen nach Luft japsenden Gatten

stehen, schnappte mir meine Tochter und fuhr zu meiner

Mutter.

Doch als ich rasant in die Einfahrt zum Bauernhof einbog, stand

ich plötzlich

vor einem echten Problem!! Linkerhand, bei den Stallungen

wurde ein neuer Silo gebaut und zu diesem Zweck mussten die

Arbeiter einen breiten tiefen Graben quer über die Straße ziehen. Für Notfälle und geübte Autofahrer, waren zwei, den Graben überbrückende Holzbretter ausgelegt. Mein Augenmaß war noch nie besonders gut und der Schrecken mit dem Mülltonnenhäuschen steckte mir noch arg in den Gliedern. So stand ich nun mit Käferchen vor den Holzbrettern und überlegte ob wir je heil darüber kommen. Die Anwesenheit meines Plappermäulchens auf dem Rücksitz hatte ich, weil ausnahmsweise mucksmäuschenstill, völlig vergessen. Und so sprach ich mir laut Mut zu: „ Pfeif drauf, - Maß nehmen, Augen zu, Steuer

festhalten und Gas geben!!" Gesagt getan!! Mit aufheulendem Motor schoss ich über die knarrenden Holzbretter und stoppte erst kurz vor der Haustür. Mein Töchterchen krabbelte flugs aus dem Wagen wetzte zur Oma und erzählte ihr brühwarm wie ich eben mit geschlossenen Augen über die Holzbretter gedonnert bin. Meine Mutter, uns beide zerschmettert im Graben liegen sehend, verpasste mir eine gesalzene Standpauke. Ich schwor mir, beim nächsten Mal, zuerst auf den Rücksitz nach eventuellen Verrätern Ausschau zu halten. Seitdem, sind viele Jahre vergangen. Inzwischen sammelt meine Tochter ihre ersten Erfahrungen auf vier Rädern und einige Dellen verzieren ihr knallrotes Auto. Papa hat die Reparaturkosten milde lächelnd unter der Rubrik Erfahrungen abgebucht, aber ich bekomme meine „rasenden Episoden" immer noch regelmäßig und mit schrägem Seitenblick aufs Butterbrot geschmiert.

Begegnung im

Walde

So wie sich an Herbstanfang die Natur langsam auf die kalte Jahreszeit umstellt, genauso richtet sich der Mensch nach den Jahreszeiten.

Wie all die Jahre zuvor, mussten Ende September Holz und Reisig für den nahenden Winter gesammelt und gehortet werden.

Frühmorgens, stand Vater, mit Leiterwagen, Axt und Säge abfahrbereit vor der Hautür.

Voller Vorfreude hockte Eva, die vierjährige Tochter im Leiterwagen und rüttelte ungeduldig an den Seitenverstrebungen.

Und endlich, kam Mutter bepackt mit Proviant und der buntkarierten Decke aus der Haustür. „ Langsam, langsam Tochter- Maus, der Tag im Wald wird lang genug."

Flugs die Utensilien verstaut, krähte Eva: „ Abfahrt, Abfahrt!!"

Juchzend sich über die holprigen Wege ziehen lassend, feuerte Eva ihren Vater lautstark an. „ Papi, Papi zieh schneller sonst laufen uns die Bäume davon!!"

Zwischen Eva und ihren Eltern, herrschten für alle Ausflüge in den Wald strenge Abmachungen und so ermahnten Mutter und Vater ihr Töchterlein streng:

„Herumstöbern darfst du, solange du brav in Sichtweite bleibst."

Und daran hielt sich Eva – meistens!!

Eine uralte Elternregel besagte: Solange ein Kind lärmt und tobt, ist alles in Ordnung. Absolute Stille dagegen bedeutet Alarmstufe rot!!

Kein Wunder, dass Mutter augenblicklich reagierte und sich in banger Sorge mit Vater

auf die Suche nach Eva machte.

Töchterchen aber saß brav und mucksmäuschenstill auf der buntkarierten Decke. Und ganz nah, keinerlei Scheu zeigend, stand ein rötlich weiß getupftes Rehkitz.

Heller Sonnenstrahl durchdrang die dichten Äste der hohen Bäume und tauchte die beiden ungleichen Gestalten in helles, warmes fast unwirklich erscheinendes Licht.

Andächtig und voller Unglauben schauten die Eltern auf dieses unwirklich erscheinende Bild.

Sanft und vorsichtig nahm das Rehkitz die Bananen und Keksstückchen aus der ungelenken Kinderhand. Danach, legte es sich neben das Mädchen, kuschelte sich neben den warmen Kinderkörper und ließ sich von der tollpatschigen Kinderhand streicheln.

Als langsam die Dämmerung hereinbrach, stand das Rehkitz auf, ging staksig davon, blickte kurz zurück, bevor es endgültig im Dickicht verschwand.

Eva, sonst ein sehr temperamentvolles, quirliges Mädchen, blieb auf der Heimfahrt sehr ruhig und sprach kein Wort. Nur in ihren Augen sah man ein fast überirdisches Strahlen und ihre Lippen umspielte ein wissendes, von Erwachsenen unverstandenes Lächeln.

Vater und Mutter rätselten immer noch über dieses seltsame Zusammentreffen und unerklärbares Verstehen dieser ungleichen Lebewesen. Zwischen dem Kind und dem

Rehkitz musste es eine stumme aber innige Verbundenheit geben.

Und diese Verbundenheit zeigte sich auch in den nächsten Tagen. Es brauchte kein Rufen oder sonstiger Zeichen, kaum saß Eva auf ihrer buntkarierten Decke, schon kam das Rehkitz zutraulich aus dem Dickicht.

Am siebten und letzten Tag aber schienen sich die beiden ebenso stumm für immer Lebewohl zu sagen.

Vater und Mutter aber ließ der Gedanke nicht los, dass, das Rehkitz womöglich verwaist oder gar von der Mutter verstoßen wurde. Gerne würden sie es aufziehen und die Freundschaft ihrer Tochter mit dem Rehkitz weiter vertiefen.

Doch trotz intensiver Suche und Nachforschung beim Förster, blieb das Rehkitz spurlos verschwunden.

Eva beobachtete das Tun der Eltern fast schon mit einem verschmitzten Lächeln, wusste sie doch, dass es „ihrem" Rehkitz in dessen eigener Welt gut ging. Für Eva gab es deshalb auch keinen Abschiedsschmerz, den die Begegnung mit dem Rehkitz war ja fest in dem kleinen Kinderherz eingebrannt und das konnte ihr niemand mehr nehmen.

Noch viele, viele Jahre später, half diese Erinnerung der inzwischen längst erwachsenen Frau über so manch schwere Stunde hinweg.

DIE BEGEGNUNG

MIT EINEM FREMDEN

Wütend eine leere Coladose vor sich her kickend, stapfte der achtjährige Tobias den Gehsteig entlang, vorbei an dem Tante Emma Laden, wo er regelmäßig seine Schokolade kaufte und worauf er regelmäßig von Mutter Schimpfe bekam, von wegen: „ Bub zuerst Gemüse und Salat und dann erst die süßen Schleckereien.“ Worauf Tobias jedes Mal energisch protestierte

„ Jedem Tag Kaninchenfutter schmeckt fade und die armen Kaninchen müssten glatt verhungern weil ich ihnen alles wegesse.“

Heute dachte Tobias keine Sekunde an leckere Süßigkeiten, im Gegenteil kein Naschwerk der Welt könnte jetzt seine Laune verbessern. Missmutig stampfte er mit dem Fuß auf, bog nach links ab und die Coladose knallte im hohen Bogen gegen den blechernen Abfallkorb am Gehsteigrand. Tobias war echt stinke sauer, weil ihn sein bester Freund Stefan vor der Schule einfach stehen ließ. „ Pah, von wegen bester Freund, n Blödmann iss er, schimpfte Tobias, während er die Treppen hinauf stürzte und mit seiner kleinen Faust gegen die Türklingel boxte.

„ Hey Sohnemann und wenn du die Klingel aus der Wand trommelst, deswegen bekommt deine Mutter auch keinen größeren Düsenantrieb“.

Genau daran, mit welcher Lautstärke der Schulranzen in die Ecke flog, konnte Mutter stets die Laune ihres Sprösslings erkennen.

„Aha, heutige Mittagslaune schwankt zwischen grusliger Gewitterfront und brausender Orkanstärke", seufzte Mutter und strich Sohnemann tröstend durchs braune Wuschelhaar.

„ Wo hast du denn Stefan gelassen? Ich dachte, ihr wolltet ein Spaghetti - Wettessen veranstalten?"

„ Pah, Stefan der Döllack bekommt gar nie nich mehr auch nur eine Spaghetti von mir. Steigt doch einfach in ein fremdes Auto und lässt mich wie einen Deppen alleine stehen!"

„ Halt, stopp Moment mal, das erzählst du mit jetzt mal genauer!"

Während sich Tobias lustlos an den Küchentisch setzte und lauthals schimpfend erzählte wie Stefan in das fremde Auto stieg, dachte Mutter sofort an die schlimmen Nachrichten über verschwundene Kinder die niemals

wiederkamen oder nach einiger Zeit tot wiedergefunden wurden.

„ Nein hier stimmte etwas nicht!! Unzählige Male hatten die Mütter ihren Kindern verboten in fremde Autos einzusteigen und nun hatte es Stefan einfach getan. Nein, hier konnte es nicht mit rechten Dingen zugegangen sein!!" Tobias Mutter überlegte nicht lange sondern handelte schnell und

wählte die Telefonnummer der Polizei und schilderte dem Beamten was passiert war. Der freundliche Beamte zeigte sich ebenfalls besorgt und versprach ihr sofort seine Kollegen zu schicken. Als Tobias hörte wie seine Mutter aufgeregt mit der Polizei sprach, wurde er plötzlich mucksmäuschenstill.

„ Vielleicht war Stefan ja doch nicht gemein?

Vielleicht war Stefan ja gar nicht freiwillig in das fremde Auto gestiegen?

Schließlich wussten beide schon lange, dass sie nicht in fremde Autos einsteigen und mit fremden Menschen mitgehen durften. Nachdem vor einiger Zeit ein kleines Mädchen spurlos verschwand, erklärten besorgte Eltern ihren Kindern, dass es leider Menschen gab die nicht nur lieb und nett zu Kindern waren. Weil man aber keinen Menschen an der Nasenspitze ansehen konnte, ob sein Versprechen ein leckeres Eis oder bunte Bonbons zu kaufen, ehrlich gemeint war, sollten die Kinder besonders vorsichtig sein. Tobias Mutter, las ihm deshalb zuerst das Märchen von „ Hänsel und Gretel" vor.

„ Schau Tobias, gerade dieses Märchen erklärt dir sehr genau wie leicht Kinder auf Versprechen und Verlockungen hereinfallen und deshalb in böse Schwierigkeiten geraten können. Gut, heute gibt es keine Lebkuchenhäuschen

und keine Hexen mehr, aber dafür lauern jede Menge andere Verlockungen.

Zum Beispiel gibt es tolle Computerspiele oder Videofilme und was weiß ich noch alles. Dazu kommt, viele Eltern haben nicht genügend Geld um alle Wünsche erfüllen zu können, weil aber viele Kinder glauben alles haben zu müssen kann so ein Versprechen genügen und die Kinder gehen arglos mit dem Fremden mit."

„ Aber Mami, soll das nun heißen, dass alle Fremden böse sind?"

„Bestimmt nicht. Weil es aber sehr schwer ist den Unterschied „ böser

Fremder" oder „lieber Fremder" zu erkennen, müssen Kinder doppelt vorsichtig sein."

„ Und was soll ich machen wenn mich ein Fremder anspricht oder ins Auto ziehen will ?„

„ Du hast doch schön öfters unsere Feuerwehrsirene gehört.

„ Klaro, das Ding macht einen Heidenlärm einfach Bravissimo. Sogar die Riesentöle, du weißt schon die große Dogge vom ollen Peters bekam so einen Schreck, dass sie mit Volldampf hinter die Mülltonnen rannte und alle umschmiss. Die ganze

Straße war voller Müll und der olle Petersen musste alles wieder aufräumen, kicherte Tobias begeistert.

„ Wunderbar Tobias und genauso sollst du es auch machen. Heulen und schreien wie eine Feuerwehrssirene und davon rennen wie Schumis Ferrari.

Außerdem solltet ihr Kinder möglichst nicht alleine gehen, abgelegene Plätze meiden und vor Einbruch der Dunkelheit zu Hause sein."

Tobias nahm sich die Worte seiner Mutter sehr zu Herzen und weil er ein gescheites Bübchen ist, wollte er es ganz schlau machen und lief schnurstracks zum Feuerwehrhaus. Nur der Feuerwehrkommandant war nun ganz und gar nicht der Meinung, dass Tobias die Feuerwehrsirene dringend brauchte.

„ Nee mein Junge, die Sirene brauchen wir schon selber", sprach der

wackere Mann und erklärte Tobias: Stell dir mal vor es brennt irgendwo und du gehst gerade mit unserer Feuerwehrsirene spazieren. Wie soll ich dann Alarm schlagen und meinen Männern Bescheid geben?".

Kleinlaut musste Tobias zugeben, dass er daran überhaut nicht gedacht habe und so blieb Tobias nichts anderes übrig als seine eigene Stimme schaurig heulend erklingen zu lassen und dies tat er denn auch bei jeder Gelegenheit. Am besten, so meinte jedenfalls Tobias, hallte es im Treppenhaus. Tief Luft holend, schaurig heulend stürmte Tobias die Treppe hoch.

Worauf Frau Maier aus dem vierten Stock einen fürchterlichen Schrecken bekam und fuchsteufelswild aus der Wohnungstür stürmte. Schnell erkennend, dass weder das Haus einstürzte noch sonst eine Gefahr drohte, schaute sie Tobias böse an und brüllte los und Tobias musste neidvoll zugeben, - sie konnte es noch besser als er!! Mutter aber meinte nur lachend: „ Bub übe weiter und wie du siehst, wirkt deine Feuerwehrsirene jetzt schon ganz phantastisch!!"

Warum also hatte nur Stefan heute nicht geschrien??

Mittlerweile waren auch die Polizeibeamten mit Stefans Mutter eingetroffen

Stefans Mutter weinte fürchterlich und ihre Hände zitterten wie Espenlaub als sie den Beamten Stefans Bild gab und beschrieb welche Kleidung er anhatte. Als die Beamten alles notiert hatten, befragten sie Tobias ob ihm nicht etwas Besonderes aufgefallen wäre.

„ Nee, was besonderes ist mir nicht aufgefallen aber hier hab ich etwas. Triumphierend streckte er die linke Handinnenfläche nach vorne und sagte den erstaunten Beamten. „ Weil ich so wütend war, wollte ich Stefan bei seiner Mutter verpetzen und deshalb habe ich mir schnell die Autonummer aufgeschrieben. Und das Auto war ein grüner Mercedes!!"

Der Beamte gab die Nummer sofort über Funk an die Zentrale durch und binnen

Sekunden wusste man, wem das Fahrzeug gehörte und die Adresse

des fremden Mannes. Und zu aller Überraschung wohnte er nur zwei Blocks weiter. Alles Weitere geschah dann blitzschnell!!

Nachdem der Wagen in der Tiefgarage gefunden wurde, stürmten Beamte die Wohnung im zweiten Stock und befreiten Stefan. Stefans Mutter konnte überglücklich ihren völlig verstörten aber sonst gesunden Jungen in die Arme schließen.

Tobias, der ebenfalls weinte, schluchzte: „ Siehste Blödmann warum musst du auch auf Versprechen hereinfallen und in ein fremdes Auto einsteigen!!" Polizeimeister Hampe, nahm Tobias lachend in den Arm.

„ Schimpf nur kleiner Mann, hast ja allen Grund dazu. Jedenfalls bist du ein

schlaues Bürschchen denn Dank dir konnten wir dieses Mal rechtzeitig eingreifen und deinen Freund befreien. Wenn doch nur alle Kinder und Erwachsene so genau aufeinander aufpassen würden. Viel weniger Unheil würde geschehen.

Bei einem Riesenteller Spaghetti und Tomatensoße, die Stefan heißhungrig verschlang, erzählte er wie böse ihn der Mann angelogen hatte.

„ Der Fremde sagte, Mami hätte einen schweren Unfall gehabt und liegt im Krankenhaus und er wäre Polizist in Zivil und würde mich auf den schnellsten

Weg ins Krankenhaus bringen.“

„ Wouu, wie gemein, “ schimpfte Tobias, aber auf diesen Trick wäre ich auch hereingefallen. Mama, wie sollen wir bei dieser Lüge reagieren??“

Gute Frage, die beiden Mütter sahen sich kurz und schockiert an:

„ Geschieht dies vor der Schule lauft ihr sofort zur Lehrerin und erzählt ihr alles und bittet sie euch zu helfen. Spricht euch dagegen jemand auf der Straße an, rennt ihr ins nächste Geschäft und bittet eine Verkaufskraft um Hilfe. Und wie ihr heute erlebt habt, wäre es sehr wichtig dass ihr alle Autonummer notiert, wenn sich Fremde gegenüber Kindern seltsam verhalten. Außerdem, habt ihr damit

auch ein wachsames Auge auf eure Freunde und Schulkameraden .“

Stefans und Tobias Erlebnis wurde am nächsten Tag in der Schule ausgiebig besprochen und die Lehrer stellten die Aufgabe, alle Kinder sollten einen Aufsatz schreiben welche Vorsichtsmaßnahmen man noch treffen konnte. Tobias aufmerksam zuhörend, schwenkte seinen erhoben Zeigefinger hin und her um auf sich aufmerksam zu machen. „ Frau

Lehrerin, meine Mama hat mir erklärt, dass nicht alle Fremden böse sind. Wenn mich nun jemand anspricht und ich laufe brüllend davon, könnte ich doch damit aus Versehen auch einen netten Fremden beleidigen. Und vor kurzem hat man uns noch beigebracht, dass wir zu Älteren freundlich sein sollen."

„ Schon richtig Tobias, aber ein Fremder der keine bösen Absichten hat, wird dein Verhalten sicherlich verstehen. Viele Erwachsene lesen Zeitung und sind sehr traurig was mit kleinen Kindern passiert. Und keine netter Fremder

möchte dass dir etwas geschieht und deshalb wird er über dein Verhalten nicht enttäuscht sein, sondern er wird darüber nachdenken und sagen:

„ Schau an, schau an welch helles Köpfchen, dieses Kind hat schon viel gelernt"!!

Ein kleines

Paradies

Meine ersten intensiven Umgang und Erfahrung mit Tieren, begann, als ich im zweiten Jahr die Vor - und Nachteile des Ehe Lebens erprobt hatte und die ersten Trotzphasen meiner zweijährigen Tochter Alexandra erfahren durfte. Ein harmloser Besuch bei einer überaus tierliebenden Bekannten sollte unser Familienleben in völlig neue Bahnen lenken.

Schon an der hölzernen Gartenpforte wurde ich von einer schnatternden schneeweißen Gans namens Herkules empfangen, mittels deftiger Schnabelhiebe zum Eingang eskortiert.(Den Erfinder dick stoffliger Jeans kam wohl die Idee seines Markenartikels als er ebenfalls mit einem Artgenossen Herkules Bekanntschaft geschlossen hatte.)

Ein vorsichtiges hindurch schlängeln zwischen gackernden Hühnern und hoppelnden Stallhasen machte den Weg zum Haus auch nicht gerade einfach. Der Versuch mit Schwung die letzte Verandatreppe zu erklimmen, vereitelte der Hechtsprung des unwahrscheinlich moppeligen Kater

Stanislaus. Mühsam das Gleichgewicht haltend, mit Stanislaus im Arm, der Gans Herkules, die nun endgültig sich in meiner Wade verbissen hatte, stolperte ich endgültig ins Haus.

Seelenruhig die Kaffeekanne in der Hand haltend, begrüßte mich mit strahlendem Gesicht meine Bekannte Hanna. " Na wie gefällt dir mein kleines Paradies?"

"Der helle Wahnsinn Genauso hab ich mir immer ein Paradies vorgestellt", stammelte ich total geschafft. Und in diesem Besuch hatte ich mir eine Erholungspause von meiner anstrengenden Familie erhofft. Sehnsucht nach

unserer winzigen Drei-Zimmerwohnung im vierten Stock, die Dank meiner

unermüdlichen Tochter stets an ein Schlachtfeld erinnerte, überkam mich plötzlich mit aller Macht.

Nachdem Hanna Katzenmutter Lulu nebst ihren winzigen Katzenbabys in den Katzenkorb gelegt hatte, stand einem gemütlichen Kaffeeklatsch eigentlich nichts mehr im Wege.

Wenn du dich erholt hast, zeig ich dir meine anderen Hausbewohner!"

"Willst du etwa eine Arche Noah erbauen?" quittierte Hanna mit hellen Lachen. Damals als ich gerade zwanzig Jahre, also genauso so jung wie du, habe ich mir auch nicht vorstellen können, dass ich einmal meine ganze Liebe den Tieren schenken würde."

Als mir Hanna später alle ihre Tiere zeigte und mir deren teils sehr traurige Schicksale erzählte war ich hin- und hergerissen zwischen Mitleid Bewunderung für Hannas beispiellosen Einsatz und auch einem gewissen Unverständnisses, dass eine gut aussehende Frau in den besten Jahren ihre gesamte Freizeit und ihr Vermögen diesen Tieren opferte.

Unser Rundgang endete an einer kleinen Scheune.

Lächelnd öffnete Hanna die Holztür. " Und nun zeig ich dir meine treue Senta und ihre Babys." Im Halbdunkel des Raumes erkannte ich eine viereckige

Holzkiste, aus der mir zwei große Kulleraugen argwöhnisch entgegen blickten. Als ich vor der Holzkiste in die Hocke ging und zaghaft über Sentas Kopf streichelte, erblickte ich sechs, fiepende kohlrabenschwarze Hundebabys. Mein Zeitgefühl völlig verlierend versank um mich herum die Welt da draußen vor der Holztür. Selbst vergessend von einem mir bisher unbekannten Beschützerinstinkt erfasst und gleichzeitiger Ehrfurcht vor diesen winzigen Wesen ließ mich nicht mehr los. Obwohl die Welpen so hilflos aussahen, spürte ich ihre unendliche Lebenskraft. Der Vergleich mag für manchen nicht nachvollziehbar sein, aber das gleiche Gefühl verspürte ich schon einmal. Nämlich als ich vor zwei Jahren meine Tochter zur Welt brachte. Nach zehn Monaten voller Angst, einer Risikoschwangerschaft mit vielen Problemen hielt ich mein Kind zum ersten Mal im Arm. Hilflos, sehr zerbrechlich sah sie aus und doch spürte ich die unendliche Kraft in diesem kleinen Bündel Mensch. Damals blickte ich auch voller Ehrfurcht in das verschrumpelte krebsrote Gesichtchen und ihr kräftiges Brüllen verdrängte schnell den lenzten Rest von Angst in mir. Und nun durfte ich zum ersten Mal in der Tierwelt dieses Wunder der Natur beobachten. Senta die Hundemama spürte wohl meine Solidarität mit ihr, denn ohne Argwohn oder gar warnendes Knurren, ließ sie mich ihre Babys berühren.

Viel zu schnell verging die Zeit und Sentas liebevolle Fürsorge für ihre Babys erinnerte auch mich an meine Pflichten gegenüber meiner Familie.

Zu Hause, erzählte ich von Hanna und ihren kleinen Paradies.

Als ich von Senta und ihren Welpen erzählte strahlte mein Mann übers ganze Gesicht, mir dagegen schwante Übles.

Es kam wie es kommen musste. Sechs Wochen später tapste ein kleines Schwarzfelliges Hundemädchen Namens Bambi durch unsere winzige Drei

Zimmer Wohnung. Zur Begrüßung gab's auch gleich ein Pfützchen auf dem Fliesenboden. Ein kleiner Vorgeschmack, dass bald aus dem Welpen eine lebenslustige mit vielen Macken und ausgeprägter Abenteuerlust Mischlingshündin wurde.

Bambi lehrte uns Geduld und in tiefer Verzweiflung trotzdem zu Lachen, sie durfte uns Sechzehn Jahre begleiten, bevor sie für immer ihre wachen Augen schloss. Sie fehlt uns heute noch.

Ein

Vierbeiner auf Abwegen

Eigentlich, sollte es ein normaler Samstagnachmittag werden.

Hilde, vierzigjährig, von Technik keinerlei Ahnung, aber ungeheuer optimistisch und allem Neuen gegenüber aufgeschlossen, bekam Computerunterricht.

Renate, ihre zwanzigjährige Tochter, vom Gartenbau keinerlei Ahnung,

pflanzte unverdrossen und optimistisch Geranien im Vorgarten.

Gerade erfolgreich den Computerstartknopf gedrückt, wobei Computerfachmann nur gelangweilt lächelte, läutete es ungestüm an der Haustüre.

Hilde öffnete, sah ihre Tochter und dicht daneben einen Riesenschnauzer.

Bis ins Mark erschrocken knallte sie reflexartig die Tür wieder zu, aber nur um

sie Sekundenbruchteile später erneut auf zu reißen.

Denn ganz tapfere Löwenmutter rannte sie los um ihre zwanzigjährige Tochter

aus den Klauen dieser vermeintlich wilden Bestie zu befreien.

Von wegen !!!!!

Die Riesenbestie erwies sich als junges, ungestümes, Riesenhundekind, das beschäftigt werden wollte.

Weder ein herbei hechelndes Herrchen, das verzweifelt nach seinem Hund suchte, noch ein Hundehalsband verriet zu wem dieses Riesenbaby gehörte. Wobei jedoch mit Sicherheit feststand, aus der näheren Nachbarschaft kam er jedenfalls nicht.

Entweder war er irgendwo ausgebüxt, oder, noch schlimmer, er war gar ausgesetzt worden.

Mangels eigenen fahrbarem Untersatz, fragte Hilde den Computerspezialisten

ob er helfen könnte, das Tier ins Tierheim zu bringen. Computerspezialist aber hatte höllische Angst vor Hunden, verbarrikadierte sich kurzerhand im Büro

und verweigerte standhaft die Herausgabe des Autoschlüssels.

Bewaffnet mit Handy und Telefonbuch, rannte Hilde wieder in den Vorgarten rief

im Tierheim an und bat um Abholung des ungeladenen, braunfelligen Vierbeiners. Der Tierheimbesitzer wenig begeistert, versprach das Tier in vier!!, Stunden zu holen. Vier

Stunden ein übergroßes Hundebaby zu beschäftigen, wobei

Männchen machen ausreichte um Mutter samt Tochter an

Körpergröße zu zudecken und fast umzuwerfen. Allein dieser

Umstand überstieg schon alle Tierliebe, vor allem, langsam

gingen die Leckerli aus und Vaters Fußball

baumelte ramponiert an Tierchens Löwenmaul. Das

Riesenbaby an die Leine

zu nehmen und am Brunnen festzubinden, scheiterte kläglich.

Kaum den

Strick um den Hals gebunden, glaubte der Vierbeiner ein

Wettrennen

veranstalten zu müssen und ließ Mutter nebst Tochter fast

hinter sich

herfliegen.

Nur Ungeleint ließ er sich einigermaßen im Zaume halten. Im

Haus

einzusperren ging nicht, weil Familieneigener Haushund keinen

Artgenossen neben sich duldeten. Garage fiel ebenfalls flach, weil

Riesenbaby sauste schneller wieder heraus, als Garagentor geschlossen

werden konnte.

Als letzte Rettung blieb nur mehr die Polizei, dein Freund und Helfer!!

Kurzer Anruf und nach fast einer Stunde, tuckerten die Beamten im VW - Bus an.

Fellbündel, aber hatte sich schon so an Helga und Renate gewöhnt, dass er hartnäckig der offen stehenden Autotür und den schmeichelhaften Einladungen, seitens der Polizisten widerstand.

Erst nachdem Renate einstieg, sauste er mit einem Hechtsprung ins Auto.

Renate eingequetscht auf der anderen Seite, blieb als Fluchtweg nur das Autofenster.

Eskortiert von amtlicher Behörde ging's mit dem Riesenwauwau

ab ins

Tierheim.

Nach   hinaus   komplimentieren   des   tapferen

Computerfachmanns, einer

heißen Dusche und drei Tassen Kaffe beratschlagten Mutter

und Tochter.

Das Schicksal des armen Hundes, ließ die beiden keineswegs

zur Ruhe kommen. Kurzerhand rief Hilde im Tierheim an um die

Patenschaft für den sicher Herrenlosen Hund anzubieten.

Schallendes Gelächter seitens des Tierheimbesitzers und die

hämische Antwort hallte aus dem Telefonhörer.

„ Ihr angeblicher Findel Hund wohnt gerade mal vier

Seitenstraßen von ihnen entfernt und sie werden es kaum

glauben, sein Besitzer ist zufälligerweise

Polizist !! „

Hilde holte erst mal tief Luft, bevor sie zuckersüß flötete. „ Oh entschuldigen sie

vielmals, aber trotz mehrmaliger Nachfrage verweigerte der Polizeihund standhaft die Aussage und unsere Hellseherischen Fähigkeiten hatten wir ausgerechnet heute anscheinend vergessen!!!"

EINE

UNVERHOFFTE

WEIHNACHTS-
ÜBERRASCHUNG

Ungewöhnlich hohe Hormon Umstellungen, die eine Schwangerschaft so mit sich bringt

lassen manche werdende Mutter auf die verrücktesten Ideen kommen, und ihr

Verhalten könnte man so manches Mal mit dem eines Teenagers im hohen

Greisenalter vergleichen, wohlgemerkt diese Auswüchse können sich binnen zwei

Minuten abspielen, verändern oder einen ganzen Tag lang anhalten und ihre

Umgebung in Schrecken versetzen. Viel Verständnis und noch mehr Nervenkraft

werden in diesen Fällen von den engsten Angehörigen erwartet.

Meine liebe Frau Hilde dürfte hierfür das beste Beispiel sein. Obwohl wir bereits unser

zweites Kind erwarten und Erfahrungsgemäß ich schon auf einiges gefasst war, hielt

Hilde immer wieder neue Überraschungen für mich parat.

Mitternächtliche Sahne - Himbeer- Schlemmer- Orgien mit anschließenden

Essig- Gurken - Imbiss brachten mich dagegen überhaupt nicht mehr aus der Fassung.

Dieses Mal war der errechnete Geburtstermin auf den 10. Januar festgelegt.

Obwohl wir insgeheim auf ein „Christkindl" hofften, waren wir doch froh, dass uns allem Anschein nach ruhige Weihnachtstage bevorstanden.

Wie gewohnt, war der 23. Dezember voll betriebsamer Hektik und nach einem

ausgezeichneten Mittagsmahl kuschelte sich Hilde erschöpft an meine Schulter

und knabberte liebevoll an meinem Ohrläppchen und dieser Liebesbeweis ließ prompt sämtliche Alarmglocken in mir schrillen!! Meist, bedeuteten diese

Schmuseattacken meiner Herzallerliebsten, dass sie sich etwas ungewöhnliches

wünschte. „ Hansemännchen, wir haben noch keinen Weihnachtsbaum", flüsterte sie mir denn leise ins Ohr.

Erleichtert, dieses Mal nicht sämtlichen Geschäften nach irgendwelchen exotischen Obstsorten abklappern zu müssen, schlug ich ihr vor,

gleich in die nächste Gärtnerei zu fahren. „ Nein Hansemännchen das ist

langweilig. Heuer muss es ein ganz besonderer Baum sein. Ich will einen frisch

gefällten Tannenbaum. Ich stell es mir herrlich romantisch vor, mit dir durch den

Wald zu streifen und den passenden auszusuchen.

Schwiegermutters erschrockener Ausruf: „ Das wäre ja glatter

Diebstahl!!"

Ließen Hildes Augen schalkhaft aufblitzen. „ Keine Bange

Mama ich kenne da eine

Schonung, dort werden extra Weihnachts -Tannenbäume

gezüchtet und dem Besitzer

werden wir gleich morgen einen angemessenen Scheck mit

Dankesschreiben schicken."

„ Aber Kind, draußen liegt der Schnee metertief und du willst

dich in deinem

Zustand wirklich dieser Gefahr aussetzen." „ Ach Mama, fast

die gesamte

Wegstrecke können wir bequem mit dem Jeep fahren und

Hansemann passt schon

gut auf uns beide auf. Außerdem hat Bernd mir versprochen

mitzukommen."

Lachend streichelte sie über ihren gewölbten Bauch und erklärte dass sie Ihr

Weihnachtsabenteuer sehr wohl durchdacht hatte. Mein Schwager Bernd,

nicht schwanger, aber mindestens genauso fantasiereich wie meine Frau, war

ebenfalls hellauf begeistert. Und um den Reiz des wild romantischen Abenteuers

zu erhöhen musste die Aktion natürlich abends gestartet werden.

Während Oma Herta bei unserem zweijährigen Sohnemann blieb, machten wir uns

gegen zweiundzwanzig Uhr auf den Weg. Genau wie Hilde angekündigt hat, kamen

wir mit dem Jeep gut voran. Was meine Herzallerliebste mir aber wohlweislich

verschwieg: Ein Fußmarsch durch unwegsames Gelände lag noch vor uns! Meine sorgenvollen Gedanken ignorierend, stapfte Hilde

hocherhobenen Hauptes voran.

Und ich musste trotz der Zweifel zugeben, dass auch mich die

Stille des Waldes

und die immer dichter werdenden, tanzenden Schneeflocken

langsam in ihren

Bann zog.

Endlich erreichten wir die Schonung und Hilde, sofort in voller

Aktion watete

zielstrebig durch den hohen Schnee auf eine wunderschön

gewachsene Tanne zu.

Kein Zweifel, dieses Prachtstück musste in unserem

Wohnzimmer stehen, beherzt

nahm ich Bernd die Axt und die Säge ab um mich in die Hände

spuckend ans

Werk zu machen. Hildes spitzer Schrei ließ Bernd und mich

erschrocken innehalten:

„ Hans, die Wehen", wisperte sie käsebleich und umschloss mit beiden Händen

schützend den geschwollenen Bauch. Drei Minuten später, folgte die nächste,

noch heftigere Wehe. Mich verzweifelt gegen die aufkeimende Panik zu

wehren, zog ich meinen Daunenparka aus, half Hilde langsam zu Boden und gab

Bernd Anweisung schnellstens Hilfe zu holen. Der nächstgelegene Ort war

zwar zwanzig Kilometer entfernt aber im Jeep war Gottlob mein Autotelefon

installiert. Bevor Bernd losrannte, warf er mir seinen Parka zu und brüllte

aufmunternd: „ Hier fang, beim laufen wird mir heiß genug und denkt daran,

hier im Wald werden so viele Tierkinder geboren, wieso sollte es dann bei euch große Schwierigkeiten geben, zumal ihr beide Erfahrung mit

Kinder gebären habt!!"

Für dieses blöde Geschwafel hätte ich ihn glatt erwürgen

können. Hildes gellender

Schmerzensschrei hallte durch die nächtliche Stille. Meine

eigene Angst

unterdrückend sprach ich ihr beruhigend zu und erinnerte sie

an die erlernte

Atemtechnik. Gleichzeitig sah ich mich in der Umgebung um,

ob nicht doch eine

Hütte oder wenigstens eine Futterkrippe zu finden war. Und

tatsächlich, stand

nicht weit von uns eine mit Heu gefüllter Futterkrippe. Mit dem

weichen Heu konnte

ich im Schutz der Tanne für Hilde wenigstens eine bequeme

Liegestatt

herrichten. Während ich Hilde in eine bequemere Lage verhalf

wisperte ich

aufmunternd: „ Schatz vor fast zweitausend Jahren war ein Paar fast in der

gleichen Situation." „ Daran, musste ich auch gerade denken", stöhnte Hilde

während eine neuerliche Wehe schmerzhaft ihren Leib durchfuhr. „ Hans, glaub

mir ich habe überhaupt keine Angst um unser Baby. Am 24. Dezember geboren zu

werden ist schon etwas ganz besonderes und ich glaube fest daran, dass unser

Kind einen großen Schutzengel hat!" Ich konnte Hilde nur beipflichten und so

kuschelte ich mich eng an sie, um ihr meine Wärme zu geben. Die Wehen nahmen

an Heftigkeit zu und meine Hoffnung auf rechtzeitige Hilfe schwand. Völlig auf mich

alleine gestellt, rief ich mir in Sekundenschnelle, sämtlich Einzelheiten des

Geburtsablaufes ins Gedächtnis. Als ich mich in den letzten Monaten mit Hilfe

vieler Fachbücher auf dieses freudige Ereignis vorbereitete, dachte ich bei jeder

gelesener Zeile eher an die Atmosphäre eines sterilen und deshalb sicheren

Kreissaals. Notgeburten im Wald ohne Fachpersonal waren jedenfalls nirgends

beschrieben. In einem alten Film hatte ich mal gesehen wie die Hebammen jede

Menge heißes Wasser und warme Handtücher verlangten. Die aufgeregten

werdende Väter nahmen diesen Befehl nur zu gerne auf und kochten auf der

Feuerstelle Unmengen an Wasser. Mangels befehlender Hebamme und

Feuerstelle mitsamt Wasserkessel seufzte ich gequält auf, als sich Hilde neuerlich schmerzerfüllt aufbäumte. „Hans ich kann es nicht länger zurückhalten, die

Presswehen fangen an!!" Ihren Rücken an den Baumstumpf pressend, hielt ich ihre

Hände und half ich so gut es ging. Hildes unmenschliche Schmerzen und meine

eigene Hilflosigkeit ließen mich fast verzweifeln. „ Hilde halt durch, ich kann

bereits das Köpfchen sehen!! Ja, gut so, gleich hast du es geschafft!!"

Mein Gott - Sekunden später lag der winzige Körper unserer Tochter in meinen

Händen!! Mit der Schnur die eigentlich zum Abtransport für den Tannenbaumes

gedacht war, band nun ich die Nabelschnur ab um sie danach mit meinem

Taschenmesser zu durchtrennen. Eingewickelt in Bernds Daunenparka drückte ich unsere Tochter fest an mich und schaute in das erschöpfte aber sehr

glückliches Gesicht meiner Frau. Und im gleichen Augenblick, vernahm ich Bernds

vertraute Stimme durch den Wald hallen. „ Haltet aus Leute, Rettung naht für den

neuen Erdenbürger!!"

Eine Stunde später, inzwischen war es schon weit nach Mitternacht kamen wir

wohlbehütet im Krankenhaus an. Hilde und unser Baby hatten die Geburt im Wald

gut überstanden und selbstverständlich bekam unser Töchterchen den Namen

„ Christine". Das schönste jedoch, der Arzt erlaubte, dass ich meine Frauen mittags

mit nach Hause nehmen durfte. Leider war unser nächtliches Abenteuer alles andere als geheim geblieben. Die Presse hatte davon längst Wind bekommen

und Sensationslüsterne Reporter umlagerten das Krankenhaus. Meine Familie

sicher und unbehelligt zum Auto zu bringen war ungleich schwieriger als die

Geburt im Wald und als wir endlich zu Hause ankamen erwartete uns die nächste

Überraschung. Im Wohnzimmer, stand festlich geschmückt „ unser" Tannenbaum.

Der Förster, keineswegs böse ob unseres Diebstahls, reagierte sofort und rief bei

uns an. Bernd erklärte ihm die verrückten Umstände einer Frau die in Umständen

war und zeigte ihm lachend das Prachtstück und der Förster, nur zu gut verstehend, weil selbst Vater von sechs!!, Kindern grub die Tanne mitsamt Wurzeln aus.

Dank seines umsichtigen Handelns konnten wir den Baum nach Weihnachten

in unserem Garten wieder einpflanzen. Bernd, Herr Förster mitsamt

Familienanhang stellten das Prachtstück im Wohnzimmer auf, und während

sie die dicken Zweige mit bunten Kugeln schmückten, köpften die beiden Männer

munter mehrere Flaschen Sekt. Am Abend strahlten Bernd, der Förster und unser

Weihnachtsbaum um die Wette und der genossene Sekt versetzte die beiden

Männer in vollkommene Weihnachtsstimmung, jedenfalls mussten wir und sämtliche

Nachbarn bis zum frühen Morgen, alle Strophen von „ Oh,

Tannenbaum,

oh Tannenbaum" von vorne bis hinten in voller Lautstärke

immer wieder hören.

UNSER GÄNSERICH

MORITZ

Haben Sie eine Tante Berta?

Nein! Wunderbar!! Sie dürfen sich unendlich glücklich schätzen.

Mit Sicherheit bleibt ihnen nämlich einiges erspart!!

Unsere Tante Berta, lebt zwar in Hamburg, hat jedoch die fixe Idee, dass

wir in Bayern Notstände in der Lebensmittelversorgung haben. Anders

lässt sich ihre Marotte, uns bei jedem Besuch lebende, Geschenke mit

zu bringen, nicht erklären. Bei ihren letzten Besuch überreichte sie meiner

Frau ein Rezept über gefüllten Gänsebraten und mir drückte sie mit strahlendem Lächeln:

" Euer Weihnachtsbraten dürfte damit gesichert sein", ein flauschiges Gänsekücken in die Hand.

Die Aufzucht des Schnatter - Federviehs erforderte viel Aufmerksamkeit und vor allem enorme Nervenkraft!!

Denn Mangels passenden Gänsestalles wurde Flauschbällchen mit Watschelgang zum neuen Hausbewohner. Ein gebrauchter Hasenstall, ausgelegt mit Stroh diente als Schlafstatt.

Vor allem aber sollte es als sicherer Aufbewahrungsort verhindern, dass unser unternehmungslustiges

Gänsekücken gleich das gesamte Haus in Beschlag nahm. Wobei diese Theorie schon im Versuchsstadium kläglich versagte. Denn ängstliches Piepsen und Schnattern unseres Weihnachtsbratens in spe, erweckte prompt tiefstes Mitleid der Zweibeiner Wohngemeinschaft. Egal wer in der Nähe war,

unser Sohn Mäxchen, meine Frau oder ich, irgendeiner

rannte garantiert und befreite das Küken aus dem Käfig. So wurde der ausbruchsichere Hasenstall meistens nur zu kurzen Ruhepausen genutzt, ansonsten watschelte Gänsekücken durch sämtliche Zimmer.

Im Kohlenkeller versuchte sie eifrig mit Eierbriketts Piepsgespräche zu

führen. Eierbriketts blieben stumm, gelbes Kücken war plötzlich schwarz

und Frauchen erklärte eifrig, dass Kohlen „pfui, pfui „ sind.

Worauf Sohnemann kicherte: „Mami. Wir haben keinen Hund!!"

Herrschte ausnahmsweise absolute Stille, begab sich die gesamte Familie sogleich auf die Suche. Und wo fanden wir ihn??

Keinerlei Skrupel verspürend, dass ihm als wärmende Unterlage, die ausgerupften Federn seiner Artgenossen dienten, lag er wonnig schlafend, auf dem Kopfkissen im Bett unseres Sohnes.

„ Wer hat ihm das erlaubt"?? Schimpfte Mutter. Worauf Mäxchen schmollend zugab, dass er Kücken schon öfters nächtens in sein Bett geholt hatte. Als Oberhaupt dieser Chaosfamilie sah ich mich genötigt den drohenden Streit im Keime zu ersticken.

„ Frau, zügle Deine Strenge, gegen Max und Moritz hast auch Du keine Chance."

Heftige Kopfnicken meines Sohnes gab mir recht .Voller Bewunderung

knuffte er mich in die Seite. „ Mensch Paps. Du bist ein Genie. Seit einer Woche überlege ich wie das Kücken heißen soll und Dir ist der beste Name

in einer Sekunde eingefallen."

Unser Ordnungssinn wurde dank Moritz weitgehend verbessert, weil alles

was sein neugieriger Schnabel erreichte, für Chaos sorgte. Ein unbewachter Moment genügte und sämtliche Packungen, egal ob Waschpulver, Reis, Nudeln bis hin zum Frühstücksmüsli fanden wir zerfleddert, den Inhalt weiträumig verstreut auf dem Fußboden vor. Dank dieser ausgewogenen Nahrung und der zusätzlich geklauten Leckerbissen wuchs Moritz zu einem properen Gänserich heran.

Unser Weihnachtsessen bestand selbstverständlich aus Kartoffelsalat und Wiener Würstchen, - wobei Moritz aufgeregt schnatternd, ebenfalls einige Bissen abbekam. Moritz wurde nicht nur groß und stark, sondern entpuppte sich alsbald auch zum Schrecken aller Nachbarshunde. Egal ob Dackel „ Bärchen" oder die imposante Dogge „ August vom Amselfeld ", jedes Getier, das weder watschelte noch schnatterte, bekam Moritz's Wut zu spüren. Gar manch erboster Hundebesitzer läute bei uns Sturm um schimpfend anzudrohen den beißwütigen Gänserich bei nächster Gelegenheit im Backofen schmoren zu lassen. Moritz, Besuchern gegenüber ansonsten ungeheuer neugierig, verkroch sich in diesen Augenblicken watschelnd unter dem Wohnzimmertisch, wohl ahnend, dass ihm wieder einmal jemand an die Federn wollte. Sogar die Post machte ihrem Werbeslogan in punkto Schnelligkeit alle Ehre,

Ehre ?? Jeden Morgen musste sich unser schwergewichtiger Postbote auf ein unfreiwilliges Wettrennen einlassen. Hundertfünfzig Meter Rennstrecke bis hin zu unserem Briefkasten entschieden ob Wade oder Hosenbein des Briefträgers den Tag heil überstanden oder ob Moritz unser Haushaltsgeld wieder mal ins Minus beförderte. (Letzteres war leider öfters der Fall!!)

Obwohl wir Moritz mittlerweile sehr lieb hatten, mussten wir uns doch ernsthaft überlegen ihn fortzugeben. Seine Unarten brachten uns immer wieder in Schwierigkeiten, einen abenteuerlustigen Gänserich aber nur ins Haus zu sperren, - war schlichtweg reine Tierquälerei.

Ein Gnadenhof für Tiere, ganz in unserer Nähe erschien uns deshalb als

beste Lösung. Dort behielt er seine Freiheit und hatte vor allem Umgang mit Artgenossen.

Während wir noch schweren Herzens überlegten, hatte das Schicksal längst anders entschieden!!

Moritz, sonntags früh gerne heimlich ausbüxend und in der Nachbarschaft umher watschelnd, weckte uns durch irrsinnig lautes, lang anhaltendes Schnattern. Aufgeschreckt durch diesen Lärm und mit dem unguten Gefühl ein genervter Nachbar wollte Moritz nun endgültig den langen Hals umdrehen, rannte ich im Schlafanzug und barfuss aus dem Haus. Sämtliche erboste Nachbarn hatten sich bereits auf der Straße eingefunden, wagten sich jedoch nicht in die Nähe unserer Gans.

Moritz, wild flügelschlagend, schnatternd, unablässig mit dem Schnabel auf die Eingangstüre von Familie Kirchner einhackend wirkte in der Tat ungemein gefährlich. Sogar ich dachte im ersten Moment unser Gänserich sei verrückt geworden.

Gleichzeitig fielen mir aber Erzählungen ein, wo Tiere Gefahren gespürt haben und durch ihr sonderbares Verhalten manchen Menschen vor ernsthaftem Schaden bewahrten. Kurz entschlossen lief ich auf die Rückseite des Hauses schaute durch das große Wohnzimmerfenster und sah Familie Kirchner leblos am Boden liegen.

„ Schnell alarmiert die Polizei und den Rettungsdienst übertönte sogar Moritz's infernalisches Geschnatter. Minuten später, war die Polizei mit Blaulicht und Martinshorn bereits zur Stelle und öffnete gewaltsam die Haustüre. Den Gasgeruch wahrnehmend, schleppten sie hustend und würgend nach Luft ringend Familie Kirchner ins Freie.

Moritz, musste die Gefahr gespürt haben und ließ nicht locker, - behielt

sein seltsames Verhalten solange bei, bis irgendeiner von uns reagierte.

Mit seiner Hartnäckigkeit rettete er nicht nur das Leben der Familie Kirchner sondern bewahrte die gesamte Nachbarschaft vor großem Schaden.

Als Familie Kirchner gesund und munter sich herzlich bedankte, stellte sich heraus, dass Moritz, Frau Kirchner oft besuchte und von ihr stets einen Leckerbissen erhielt.

Kein Wunder also, dass er um Familie Kirchners Wohl sehr besorgt war.

Moritz's Heldentat ließ die Leute in unserer Siedlung sehr nachdenklich werden und wo zuvor schimpfend lamentiert wurde, „ Die dumme Gans gehört längst in die Bratröhre", wurde Moritz nun freudig begrüßt und mit allerlei Leckerbissen verwöhnt. Froh darüber,

dass wir Moritz doch behalten konnten, wollte ich es mir gerade mit einem spannenden Buch gemütlich machen, als unser Sohn ins Wohnzimmer stürmte und aufgeregt rief.

„ Papi eben habe ich in der Zeitung gelesen, dass Strauss - Eier sehr gesund sein sollen!!"

Auf mein begriffsstutziges, „ na und ?? "

Stöhnte mein Sohnemann. „ Ja begreifst du denn nicht: Sicherlich hat Tante Berta auch davon gehört und kommt jetzt womöglich auf die Idee uns ein

ausgewachsenes Straußenpaar zwecks Straußeneier Vorrat zu schenken!!

GESCHWISTER-LIEBE BESONDERER ART

Hundebabys in den Anfängen ihres jungen Lebens zu sehen, bedeutet schon ein kleines Wunder der Natur beobachten zu dürfen. Anders als bei Menschenbabys geht die Entwicklung vom blinden hilflos, fiependen Winzling in den neugierig schauenden alles erkundenden selbstbewussten Welpen relativ schnell, aber nicht reibungslos vonstatten.

Stina, klein zierlich und die Kleinste in der Hundefamilie jammerte demzufolge auch lauthals, „Hey, schubs nich so, ich will ich auch mal ran. Ich hab Hunger!" Als einziges Mädchen unter fünf gefräßigen Brüdern hat man es schon verdammt schwer sich seine Milch - Stammquelle zu erkämpfen. Stina, Ebenbild ihrer Mutter, einer schwarz befellten Pudelhündin, seufzte schwer bevor sie endlich genüsslich zu nuckeln anfing.

Von Anbeginn musste Stina, sich gegenüber ihren Brüdern hart durchsetzen. Und als sie endlich zum ersten Mal ihre Äuglein öffnete und neugierig ihre Umgebung erkunden wollte, sah sie, prompt und unverkennbar ihren rabiatesten Bruder namens Rocky.

Und was geschah??

Brüderchen Rocky, fast doppelt so groß und viel dicker als Stina, tapste ungestüm auf wackeligen Pfoten daher, latschte grob über ihr Bäuchlein um auf Mutters Rücken zu kraxeln. Kein Quietschen, kein Fiepen half, Rocky war und

blieb ein riesiges unbeholfenes Trampeltier und Stina, die ewig Leidtragende.

In der Hundekinderstube ging es zwar ständig drunter und drüber, aber wenn einer besonders hart knuffte, puffte oder einen über den Haufen trampelte, war es mit Sicherheit Rocky.

Mit ihren anderen Brüdern hatte Stina nie Probleme und als diese, einer nach dem anderen weggebracht wurden, war sie richtig traurig. Als Mama ihr dann erklärte, dass die Brüder zu liebevollen Menschen kamen, protestierte Stina nur:

„ Warum nimmt kein liebevoller Mensch unseren Rocky mit!!"

Während Stina noch überlegte und Rocky ihr wieder einmal auf die Rute latschte, ging die Türe auf und zwei Menschen, eine Frau und ein Mann, traten ins Zimmer. Hoffnungsvoll flüsterte

Stina: „ Rocky, nun holen sie Dich. Jetzt kriegst Du sicher ein schönes, neues zu Hause!" Aber denkste:

Anstatt nach Rocky, grabschten die Menschenhände nach Stina, trugen sie in eine knatternde, holpernde Blechkiste und brausten mit ihr von dannen. Nun saß sie da, in einer unbekannten Umgebung in der Obhut völlig fremder Gestalten. Und was machte Stina?? Zuerst hinterließ sie eifrig ihre eigene Duftnote. Fleißig kleine Bächlein in der Wohnung verteilend, entfachte sie Frauchens vollste Aufmerksamkeit. Garantiert und prompt stand sie mit einem Lappen, Gewehr bei

Fuß hinter Stina und putzte die mühsam produzierten Bächlein wieder weg.

Als Stina dieses Spiel zu langweilig wurde, sie an allen Holzmöbeln ihre Zähnchen erprobt hatte, sämtliche Zeitungen zerfleddert, Quietsche- Ente zerstückelt und Herrchens Fußwärmer zerlegt hatte, erfasste sie tiefe Sehnsucht nach - Rocky!!

Und ein paar Tage später, als hätten ihre neuen Menschen dies geahnt, ging unverhofft die Haustüre auf und Herrchen trug Rocky ins Zimmer. Stina freute sich wie wild und dieses Mal knuffte und puffte sie Rocky. „Hey Brüderchen, wie bin ich froh dich zu sehen!"

„Dacht ich mir", nuschelte Rocky ebenso froh, „alleine würdest du es sowieso nicht schaffen unsere neue Familie Hunde gerecht zu erziehen. Ein abschätzender Blick auf den Hundekorb, ließ Rocky erschauernd sagen:

„Als erstes zeigst du mir, wo die weichen Menschen - Kuschelbetten stehen!!"

Und wie nicht anders zu erwarten, schafften es die beiden tatsächlich, binnen zweier Nächte, ihre Plätze in den Betten zu erobern. Und als sie sich gerade genüsslich durch die weichen Kissen wuselten, seufzte Stina selig, „ach Rocky was bin ich froh, dass du bei mir bist!! „

„Mir geht's genauso liebes Schwesterchen. Und mein Kennerblick sagt mir, mit unserer Menschenfamilie haben wir das große Los gezogen. Uns steht ein prächtiges Hundeleben

bevor", sprachs, knuffte Stina und schnarchte alsbald wie ein

hart arbeitender Holzfäller.

EIN KÄLBCHEN NAMENS

EVA

Ländliche Lebensweise bedeutet allgemein, gesunde Luft, friedliche Umgebung und absolut keine Hektik.

Mutter wohnte zur Miete auf einem idyllischen Bauernhof.

Herrlicher Ausblick, große Terrasse mit wunder schönem Garten. Genau

das Richtige um ein paar Stunden ohne Mann und Tochter mal richtig auszuspannen. Bei diesem Gedanken gab es für mich kein Halten mehr.

„ Na den Tschüss, meine Lieben ", rein ins Auto und ab ging's.

Helga, die junge Bäuerin begrüßte mich mit freudigem Lächeln.

„ Na, ist Dir die Familienflucht endlich mal wieder gelungen??"

Was ich mit schelmischen Lachen beantwortete, "treffen wir uns in einer Stunde bei Mama zu Kaffee, dann tauschen wir uns über die Neuesten Familientratsch aus."

Hofhund Hasso, ein stattlicher Schäferhund stupste mich sanft in die Seite und seine braunen Augen strahlten mich freudig erwartungsvoll an. Lachend kam ich der Aufforderung nach, ihn ausgiebig hinter den Spitzohren kraulend, dankte er mir, mit leisen, wohligen Wuff.

„ Das hat schon was, eine Stunde hier, in dieser Umgebung haben die gleiche Wirkung wie zwei Wochen Urlaub."

Die Aussicht genießend, saßen wir drei Frauen später auf der gepolsterten

Holzbank.

Hassos große, braune Augen bettelten zum Stein erweichen und Mama, ließ, natürlich versehentlich so manchen Happen fallen. „ Mama, so lernt er es nie."

Helga, dies intensive Blicke spiel amüsiert beobachtend, lachte:

„ Lass nur, Hasso weiß haargenau dass er nur bei deiner Mutter betteln darf."

Irgendwann, als ich geruhsam über die Viehweide schaute, blieb mein Blick bei einigen Kühen hängen, die im Halbkreis wie angewurzelt standen und ein bestimmtes Ziel fixierten.

„ Habt ihr einen stattlichen Stier auf der unteren Weide, den die vier dort so intensiv becircen wollen?"

„ Um Gotteswillen, nein, mal den Teufel nicht an die Wand", rief Helga entsetzt. „Ein Stier, inmitten einer Kuhherde, wäre ungefähr so schlimm, als wolltest du

ein Feuer mit Benzin löschen."

Die besinnliche Ruhe verwandelte sich schlagartig in hektische Panik.

Hasso, sich seiner Aufgabe als Aufpasser plötzlich erinnernd, sauste als erster los.

Unsere Befürchtung, dass irgendetwas passiert war, schien sich zu bestätigten weil Hassos Gejaule nichts Gutes erwarten ließ. Und tatsächlich!!

Eine hochträchtige Kuh hatte gekalbt und die Geburt musste wahnsinnig

schnell gegangen sein, vor allem aber war es zu nahe am Abhang, wodurch das

Neugeborene hinunter purzelte und nun hilflos in der prallen Sonne lag.

Lange würde das Kuhkalb in der Lage nicht überleben!!

Ich lauf schnell einen Schubkarren und frisches, kaltes Wasser holen und den Tierarzt alarmiere ich auch gleich, rief Helga und rannte zurück, während ich bei dem Kälbchen blieb. Hasso bemühte sich seinerseits und leckte und stupste das Kälbchen an. Aber alle Versuche das geschwächte Kälbchen auf die Beine zu bekommen scheiterten kläglich.

Hasso schaute anklagend auf uns und auf das Kälbchen, geradeso als wolle

er sagen: „ Nu macht schon endlich was!!"

Gemeinsam, versuchten Helga und ich, das Kälbchen in den Schubkarren zu hieven und den Abhang hinauf zu ziehen. Fast oben, zeigte Hasso seine Freude und schnappte das Kälbchen am Schweif worauf sich dieses zum ersten Mal heftig bewegte und wir verzweifelt den Schubkarren am Kippen hindern mussten.

Zwei Frauen, zusammen knappe Hundertzehn Kilo, ein hechelnder springender

Schäferhund und ein zappelndes Kälbchen wahrlich ein idyllisches Bild.

Als wir total durch geschwitzt und erschöpft endlich am Stall ankamen, fuhren zwei Autos vor. Helgas Mann und der Tierarzt!!

Das Kälbchen erholte sich schneller von den Strapazen als befürchtet. Kaum im kühlen Stall, vereint mit der Mutter nuckelte es glücklich die stärkende

Muttermilch.

Zufrieden über diesen glücklichen Umstand und mächtig stolz auf unsere Leistung, lobten Helga und ich das gute Aussehen des Kälbchens. Worauf

Helgas Mann grinsend einwarf. „ Man könnte glatt glauben ihr seid die Mütter!!"

„ Indirekt wohl schon", riefen Helga und ich gleichzeitig.

„ Na denn, grinste Helgas Mann. „ Weil Kälbchens Mutter Helga heißt, bekommt das Neugeborene kurzerhand den Namen Eva.

Eine fesche Städterin als Namenspatin für ein Kälbchen, kann

schließlich auch nicht jeder haben."

Hasso, zutiefst beleidigt weil sich keiner um ihn kümmerte,

wartete nicht länger auf menschliches Lob. Wolfschlau,

belohnte er sich flugs selbst, indem er auf

die Terrasse wieselte und den gesamten Kuchen verputzte. Der

Gauner wusste nämlich haargenau, im Moment dachte

niemand daran, ihm Verhaltensregeln

beizubringen. Fazit dieses ruhigen Sommertages: Hasso hatte

einen Riesenberg Kuchen ratz- fatz vertilgt, das Kälbchen Eva

war quietschfidel und als ich später, stolz meinem Göttergatten

erzählte, was geschehen war, brach dieser in schallendes

Gelächter aus. „ Welche Ehre für Dich. Aber denk daran, dass

aus dem Kälbchen „Eva" in Kürze ein ausgewachsenes

Rindvieh namens „Eva" wird!!

KNUDDELPETER-

KUMMERPETER

Peterchen, ein blondgelockter, blitzgescheiter fünfjähriger Junge, ganzer Stolz

seiner Eltern, wusste seine Beliebtheit in der Nachbarschaft gut zu nutzen.

So hörte man seine Eltern oft verzückt ausrufen: „ Unser „ Knuddelpeter" ist halt das

zauberhafteste Kind auf der ganzen Welt!!"

Peterchen, in einem kleinen verschlafenen Dorf heranwachsend, genoss die

unendliche Freiheit die ein Landleben einem aufgeweckten Jungen so bot.

Peterchen war naturgemäß unheimlich neugierig und so verging kein Tag, an dem

er nicht tausend Fragen stellte. Stöhnte seine total entnervte Mutter schließlich:

„ Peterchen, du fragst mir noch ein Loch in den Bauch, " kam prompt die Gegenfrage:

„ Wieso kann ich dir ein Loch in den Bauch fragen? Lass mich mal schauen??"

Ja, das war die brave Seite von Peterchen. Leider konnte sich der vorwitzige Knabe

auch in einen schlimmen Lausbuben verwandeln. Schnell wurde dann aus dem

lieben „ Knuddelpeter" ein sehr böser „ Kummerpeter".

Und als der „ Kummerpeter" wieder einmal überhand nahm, platzte der gestressten

Mutter der Kragen: „ Peter, wenn du nicht sofort artig bist, schick ich dich ins

Pfefferland!" Trotzig gab Peterchen zur Antwort: „ Von wegen Pfefferland. Ich geh

nach Amerika, und werde ein großer Indianerhäuptling und suche auf meinem fliegenden Teppich nach Piratenschätze!!" Peterchen war so in Wut geraten, dass

er alles durcheinander brachte, und seine Phantasie wahre Purzelbäume schlug.

Mutter, nicht minder wütend schrie zurück: „ Gut mein Herr „ Sitting Bull" ich pack dir

gleich deinen Rucksack, dann kannst du meinetwegen losmarschieren!"

Verdutzt hielt Peterchen inne. „ Mama, schickte ihn wirklich fort?" Und tatsächlich.

Sie machte ihre Drohung wahr. In Windeseile packte sie einige Sachen und

Peterchens geliebten Teddy in den grünen Rucksack, schnürte ihn zu und nahm den

verblüfften Knaben grob an der Hand. „ So mein Lieber, jetzt kannst du gehen.

Wenigstens brauche ich mich nicht mehr zu ärgern!" Peterchen den ersten

zaghaften Schritt überwunden, stapfte nun, ohne seine Mutter eines Blickes zu

würdigen, in seiner roten, kurzen Lederhose davon. Mit jedem Schritt verrauchte

sein Zorn mehr und mehr, maßlose Traurigkeit überfiel ihn. Tapfer die

aufsteigenden Tränen unterdrückend, machte er am Rand der Landstraße halt.

Heute bereitete ihm nichts mehr Freude. Sogar Meyers blühender Obstgarten ließ

ihn unbeeindruckt. Sonst kletterte er mit wahrer Begeisterung über den wackeligen

Holzzaun zu seiner Linken und mopste sich ein paar saftige Erdbeeren. Doch daran

war heute nicht zu denken. Mama schien sein Weggehen überhaupt nicht auszumachen. Richtig böse hatte sie ihren „ Knuddelpeter" angeschaut. Kein

klitzekleines Lächeln konnte er in ihrem lieben Gesicht entdecken. Leise Zweifel

nagten in Peterchen. „ War er diesmal doch zu weit gegangen? „ Seufzend dachte

er an den leckeren Schockoladenpudding, den jetzt wohl ein anderer, ein braver

Junge mit dem gleichen Heißhunger verschlingen würde. Tief in seinen düsteren

Gedanken versunken, erkannte Peterchen das blaue Auto zuerst gar nicht, dass

eben mit leisem, knirschenden Geräusch vor ihm zum stehen kam. Erst als er in das

wohlvertraute Gesicht seines Vaters blickte, hauchte er mit arg zittrigem Stimmchen:

„ Papi, Papilein!" „ Steig ein kleiner Mann. So angewurzelt wie du hier stehst,

kommst du nie nach Amerika", vernahm er die bekannte, tiefe und doch so sanfte

Stimme seines Vaters. Erleichtert kletterte Peterchen in das Auto und ließ sich in

den Beifahrersitz plumpsen, strahlte seinen Vater aus glänzenden Augen an. Nun,

ließen sich die aufsteigenden Tränen nicht länger verbergen, aber dieses mal waren

es Tränen des Glücks. „ Weißt du Papi wenn du und Mami für mich noch keinen

Ersatz gefunden habt, bleibe ich doch lieber bei euch!" „ Sicher wollen wir dich

behalten. Aber was wird aus Amerika?" „Ach, doofes Amerika. Die haben da drüben

so viele Mäuse, und ich mag keine Mäuse!" „ Mäuse?", fragte sein Vater verständnislos. „ Aber Papi, du hast doch mit mir den Zeichentrickfilm „ Feivel der

Mauswanderer" gesehen. Siehst du und jetzt sind alle Mäuse in Amerika und darum

ist dort kein Platz mehr für euer Peterchen!" Sprach`s voller Inbrunst und sah dabei

stolz und ein ganz klein wenig trotzig zu seinem staunenden Vater. Dagegen ließ

sich nun wirklich nicht sagen. Mühsam ein Lachen unterdrückend, gab der Vater

Gas und murmelte verschmitzt: „ Hast schon recht, „ Mäuse" und „ Knuddelpeter"

passen nun mal ganz und gar nicht zusammen. „ Mit leichtem Ruck, setzte sich das

Auto wieder in Bewegung. Seufzend blickte Peterchen zurück auf den

halbvermoderten Holzzaun und dachte: „ Wie schön es hier doch ist! Nirgends auf

der Welt, gibt es herrlichere Erdbeeren, köstlicheren Schockoladenpudding und

nettere Eltern als zu Hause." Dabei streifte ein dankbarer Blick seinen aller -allerliebsten Papilein!!

Licht

Im Dunkel Des Lebens

Freitag 13. März, ein Tag wie jeder andere. Von keinerlei ängstlichen,

abergläubischen Gedanken geplagt, ging Inge gutgelaunt wie immer ihrem

Tagwerk nach. Nichts, rein gar nichts ließ auf Stunden der Angst oder Anzeichen

einer nahenden Katastrophe schließen. Während der spätnachmittäglichen

Kaffeepause, weilten Inges Gedanken bei Ihre Freundin Maria und deren Sohn

Hans. Hans von den pubertären Umstellungen des Erwachsenwerdens und

gleichzeitiger Opposition gegenüber alles und jedem geplagt, bereitete der

Alleinerziehenden Mutter arge Probleme. Endlose Diskussionen und Hilfestellungen

scheiterte jedoch jedes Mal an Hans innerlicher Blockade. Vor einiger Zeit

versuchte Inge in einem langen Telefonat, dass sich schnell zu einem

Selbstgespräch entwickelte, Hans aus seiner Schweigeecke hervorzulocken. Leider

ohne Erfolg, außer einem „hm, hm" und einer beharrlichen Wortlosigkeit war nichts

zu hören. Inge verglich sich innerlich schon mit einer Lehrerin, die mit erhobenem

Zeigefinger ihren Schützlingen gewaltig auf die Nerven ging. Hilflos und deprimiert

beendete sie schließlich dies einseitige Gespräch.

Seufzend dachte Inge: „ Ich glaub ich rufe Maria heute noch an. Mal sehen ob sich

was Neues getan hat: Himmel noch mal!! Wie kann man dem Jungen nur helfen!!

Zu hoffen, dass es irgendwann in seinem Innersten „ klick „ macht und er „seinen „

Weg fand und diesen auch konsequent ging, war einfach zu wenig. Und außerdem

hatte Inge das Gefühl, dass die Zeit gegen sie arbeitete.

Schrilles klingeln des Telefons, riss Inge aus ihren Gedanken. Lautes, fast

unverständliches Gestammel verhieß nichts Gutes. Erst als Inge glaubte, aus

dem Kauderwelsch den Namen „ Hans „ zu verstehen, fragte sie zaghaft:

„ Maria, bist du es??" Mühsam, konnte Inge aus dem folgenden Wortschwall

heraushören, dass Maria soeben von der Arbeit kommend einen Abschiedsbrief von

Hans vorfand in dem er sein sinnloses Leben beklagte. In Inges Gehirn

überschlugen sich die Gedanken. Aufkommende Panik unterdrückend, versuchte sie

Maria zu beruhigen. „ Ich rufe sofort die Polizei an und dann komme ich auf dem

schnellsten Weg zu dir. Versuche inzwischen Ruhe zu bewahren. Ich bin mir sicher

dass die Sache gut ausgeht." Den diensthabenden Polizisten endlich am Apparat,

versuchte Inge verzweifelt nach Fassung ringend den nötigen Sachverhalt zu

erklären. Obwohl sich ihre Stimme vor Aufregung fast überschlug, schien ihr

telefonisches Gegenüber alles zu verstehen und die Ruhe zu bewahren. Dieser

Mann schien Katastrophen meldende hysterische Frauen gewöhnt zu sein!!

In ruhigem Ton versprach er sofort alles Nötige zu veranlassen. Währenddessen

sich Inge umzog und nervös ihre Handtasche suchte, überlegte sie wie und wo die

Polizei, Hans hoffentlich noch rechtzeitig finden könnte. Wo waren seine

Lieblingsplätze?? Hatte ihn jemand weggehen gesehen?? Somit wüsste man

die genaue Uhrzeit und könnte seinen Vorsprung bestimmen. Die kurze Fahrt in die

Stadt zu Maria schien endlos zu dauern, sämtliche Ampeln schalteten auf rot und

Inges Nervosität stieg fast ins unermessliche. „Ruhig, bleib ganz ruhig. Maria

braucht jetzt deinen Mut und deine ganze Kraft. Keinesfalls, darf sie deine eigene

Angst spüren: flüsterte sie unentwegt, sich selbst beruhigend.

Marias Gemütszustand war wie erwartet - schrecklich. Stockend erzählte sie, dass

die Polizei mittlerweile hier gewesen sei: nachdem sie Hans Personenbeschreibung,

den Brief und ein Foto mitgenommen haben wird jetzt die Fahndung eingeleitet.

„ Richtig schlecht ist mir geworden, als mich einer der Beamten bat, ihm den

Aufgang zum Speicher zu zeigen", erzählte Maria stockend, mühsam die Tränen

unterdrückend.   Inges gehauchtes. „ oh Gott", ließ in ihrer Phantasie reine

Horrorvisionen entstehen. Hans erhängt am Dachbalken und Maria musste ihren

Sohn identifizieren - ein furchtbarer Gedanke!! „ Lieber Gott bitte mach, dass sie

ihn lebend und gesund finden!!!!!"

Inge, innerliches Zittern unterdrückend, griff in Ihre Handtasche und kramte ihr

Allheilmittel in Notsituationen hervor. Einen Magnesiumtrunk: „ Hier trink, das hilft

gegen Kopfschmerzen und Nervosität. Danach, hörte Inge nur zu, ließ Maria

berichten, reden oder nur schweigen. Sie sollte einfach nur spüren, dass sie nicht

alleine war. Mehr konnte Inge ihr in diesem Moment nicht geben.

Die Zeit verrann. Das Schlimmste war, dazu verdammt zu sein, hier zu sitzen zu

warten, zu beten. Hoffnung und Angst in ihren Augen spiegelnd, ließ das Klingeln

des Telefons die beiden Frauen jedes Mal erschreckt hochfahren.

Eingepfercht im Wohnzimmer, zu zweit, alleine wie auf einer einsamen Insel. Nur

das Hupen der Autos, Bremsen quietschen und laufende Motoren zeigten, dass

unten auf der Straße das Leben seinen gewohnten Ablauf beibehielt....

Die dritte, vierte Tasse Kaffee. Langsam jegliches Zeitgefühl verlierend, redeten die

Freundinnen, Wichtiges, Belangloses über Hans Probleme, einfach so vieles und

doch, schwebte unsichtbar über dem Raum nur die einzige, bange Frage: „ Wo war

Hans??"   Und wieder läutete das Telefon und eine Junge schrie: „ Wir haben Ihn!!

Wir bringen ihn gleich nach Hause!!"

Unendliche Erleichterung gepaart mit tausend Fragen machte sich breit. Gleichzeitig lachend und weinend rief Maria bei der Polizei an und erklärte dem Beamten was

geschehen ist. „ Näheres kann ich ihnen noch nicht sagen, weil ich in der Aufregung

vergessen habe zu fragen wo und von wem Hans gefunden wurde."

Endlich, im Treppenhaus war stürmisches trampeln zu hören und gleich darauf

wurde Hans von zwei Freunden ins Zimmer geschoben.

Gesenkten Hauptes, die große schlaksige Gestalt wirkte müde und unsäglich

verloren, - aber er war gesund und unverletzt!! Schluchzend nahm Maria ihren

schon verloren geglaubten Sohn in die Arme. Inge, selbst mit den Tränen kämpfend,

bat die betreten dastehenden Freunde sich zu setzen und zu erzählen. Und das,

was Inge nun zu hören bekam, ließ sie trotz der dramatischen Situation innerlich

frohlocken. Kaum hatten die Jungen von Hans Selbstmordabsichten erfahren,

schlossen sie sich zusammen und starteten eine Suchaktion. Jeder, der Hans

kannte oder auch nur über einen Wagen verfügte wurde eingesetzt, die gesamte

Umgebung abzusuchen. Nach drei Stunden hatten sie ihn schließlich am Bahngleis

stehend entdeckt. Drei Stunden - ein Wettlauf mit der Zeit und gegen Hans

Vorhaben seinem jungen Leben ein Ende zu setzen.

Viel später, als Inge wieder zu Hause war - erschöpft aber unendlich froh, dachte

sie: „ Fast täglich liest man in der Zeitung von einem Selbstmord.

Verzweiflungstaten meist aus Depressionen und Einsamkeit geboren. Wie viele

Rettungsaktionen kamen zu spät und wie oft müssen die Hinterblieben mit tausend

unbeantworteter   Fragen und Selbstvorwürfen weiterleben. War es da nicht ein

Wunder, dass es heute diesen glücklichen Ausgang gegeben hat. Mit Sicherheit war

es ein Wunder!!! Dieses mal hatte sich das Schicksal gnädig gezeigt und Hans

Schutzengel schien mit Hilfe unsichtbarer Fäden den Freunden des Jungen den

richtigen Weg gezeigt zu haben. Sicherlich, die Gefahr war noch lange nicht

gebannt. Die nächsten Wochen würden für Hans und seine Mutter sehr schwierig

 werden. Wie und ob er seine Probleme lösen konnte, darauf gab es immer noch

keine Antwort, aber mit solchen Freunden an seiner Seite, würde er es gewiss

schaffen!!

MÄUSEALPTRAUM

Mäuse, an sich, vollkommen harmlos, niedlich, putzig und flitzeschnell, sind eigentlich nur kleine Wiesen und Feldkobolde. Ja genau, das wäre die richtige Beschreibung, dieser kleinen Nager. Die Betonung liegt dabei auf wäre:

Leider kann sich alleine der Gedanke an diese putzigen Nager, bei manchen Zeitgenossen, schon zu einem wahren Alptraum entwickeln-

Ich denke da nur an unseren ersten Hund, ein Riesenexemplar eines furchtlosen Bernhardiners. Jenes Prachtexemplar, fiel beim Anblick einer Maus, gefällt wie ein Baum, glatt in Ohnmacht. Weshalb und warum blieb uns ein ewiges Geheimnis.

Meine Mutter, vierzig Jahre alt, emanzipiert, selbstbewusst und ungeheuer tierlieb, kämpft seit Jahren tapfer aber ebenso nutzlos gegen Ihre Angst vor Mäusen.

Das ruhige Landleben ansonsten genießend, konnte für Mutter ein wahrer Horrortrip werden, wenn ihr unverhofft eine winzige Maus über den Weg lief.

Mutters Problem fiel uns zum ersten Mal auf, als Papa im Herbst mit den Blumenkästen vom Balkon versehentlich auch eine Maus in die Wohnung mit brachte. Mutter, gerade mit dem Staubwedel unterwegs, um mal wieder Ordnung zu schaffen sah sich im Wohnzimmer unverhofft diesem „Ungeheuer" gegenüberstehen. Nach einer Schrecksekunde raste sie wie von einer Tarantel gestochen, als einzigen Fluchtweg sehend - rein in die Toilette. Auf dem 3 qm

großen, angeblichen sicheren Örtchen, die Tür verriegelnd, weigerte sie sich beharrlich auch nur einen Zentimeter Platz zu machen. „ Entweder die Maus verschwindet oder ich bleibe hier!!" Mutters Ausdauer kennend und Mangels

einer zweiten Toilette, gingen Papa und ich auf Mäusejagd. Selbstredend, dass

wir dabei keine Mausefalle zur Verfügung hatten. Für solche Mäuse Notfälle war trotz Welpen Milchfläschchen zur Aufzucht eines Wildhasenbabys das zufällig eines Morgens vor unserer Haustüre hockte, natürlich nicht gesorgt!!

Fünf Stunden suchten wir, bewaffnet mit Strohbesen und Schrubber nach dem verflixten Nagetier. Wohnzimmer - Dielen - und Haustür sperrangelweit offen, stocherten, schimpften, stampften und bettelten wir, bis die Maus tatsächlich freiwillig hinaus ins Freie lief und im Gebüsch verschwand. Total erschöpft auf der Garderobe sitzend, öffnete sich die Toilettentür und Mutter kam heraus.

Stolz erhobenen Hauptes an uns vorbeirauschend, Richtung Küche strebend,

um die Kaffeemaschine in Gang zu setzen, fragte sie scheinheilig: „ Ich hoffe doch stark, dass ihr bei eurer wilden Jagd der armen Maus nicht wehgetan habt!?"

Papa, nach wie vor den Strohbesen in der Hand haltend, starrte böse auf denselbigen und murmelte dabei: „ Und wenn ich fünfzig Jahre mit deiner Mutter verheiratet bin, wird sie mich immer noch mit neuen Überraschungen zur Weißglut bringen!!"

"Weißt du noch, wie sie letztes Jahr den aufdringlichen und unverschämten Bettler der aussah wie ein Schwarzenegger-Verschnitt, kurzerhand vom Grundstück jagte. Und heute wieselt ihr eine winzige Maus über den Weg und sie gerät in wilde Panik. Wer, soll sich da noch auskennen??"

Damals quittierte ich Papas zerknirschten Ausbruch mit schadenfrohem Lachen,

nicht ahnend, dass mich acht Monate später, selbst die pure Verzweiflung plagte!!

Mutter, begeisterte Hobbyschriftstellerin verbrachte so manche Nacht vor ihrem Computer und traktierte die Tastatur. Ihrem Status als Hausfrau treubleibend, stand sie dennoch frühmorgens auf und bereitete das Frühstück. Müde, zerschlagen und entgegen ihrer sonstigen Art ziemlich still, saß sie dann am Tisch und hielt sich krampfhaft an ihrer Kaffeetasse fest. So auch an einem Samstagmorgen im August.

Mutters Wortkargheit akzeptierend, tranken Vater und ich

Kaffee und bissen genüsslich in die backofenfrischen Semmeln.

Unsere drei Hunde, die Mutters schreibwütige Computernächte

mit Argusaugen bewachten, lagen in ihren Körbchen und

schliefen den Schlaf der Gerechten.

Jäh, zerstörte ein gewaltiger Schrei unsere Frühstücksruhe.

Vater verschluckte sich prompt an der Semmel und kämpfte

hustend und fluchend, tapfer gegen den nahenden

Erstickungstod und ich goss vor Schreck den heißen Kaffee

quer über

die blütenweiße Tischdecke. Unsere drei Hunde schossen

kläffend aus ihren Körbchen und rasten wirr und ziellos durch

das Zimmer wobei sie sich gegenseitig umrannten. Kurzum,

das Chaos schien perfekt!!

Mutter dagegen - saß kerzengerade auf ihrem Stuhl und starrte

geschockt

und kalkweiß im Gesicht auf die geschlossene Bürotür. Langsam, fast im Zeitlupentempo sich erhebend, dabei keinen Moment die besagte Tür aus

den Augen lassend, tapste sie rückwärts Richtung Diele, stolperte dabei

über unsere Huskyhündin und knallte unsanft auf den Allerwertesten.

Beleidigt, ob dieser groben Behandlung, flitzte die Huskyhündin jaulend unter die Eckbank.

Bewegungsunfähig, immer noch auf dem Boden sitzend, zeigte Mutter anklagend auf die Bürotür und stammelte fassungslos: „ Eine Maus, gerade eben wollte sich eine Maus durch die untere Türspalte zwängen und ihre grässlichen Augen funkelten mich gemeingefährlich an."

Immer noch hustend, schimpfte Papa zweifelnd: „ Sollte dies wirklich stimmen, dürfte die Maus nach deinem Schrei vor Angst bereits ihren Pass an der Grenze in Afrika vorzeigen."

„ Quatsch! So glaub mir doch. In deinem Büro ist wirklich eine

Maus!!"

Papa, kurzerhand die Tür öffnend, wurde abermals von einem

lauten - „ Halt - Stopp" – in hellen Schrecken versetzt. „ Warte

gefälligst mit dem Nachschauen,

bis ich im Schlafzimmer bin."

Gefolgt von unseren drei Hunden rauschte Mutter mit

wehendem

Morgenrock ins Schlafzimmer und verbarrikadierte sich dort.

Obwohl wir zuerst an eine übernächtliche Sinnestäuschung

glaubten, huschte tatsächlich eine Maus über den Teppich und

verschwand unter dem großen Büroschrank. Papas knappes

Kommando: „ Hol die biologische Mausefalle", wurde von mir

postwendend ausgeführt. Nachdem die Falle aufgestellt, die

Türe verschlossen und der Türspalt mit dickem Zeitungspapier

ausgestopft war, traute sich Mutter wieder ins Zimmer.

Weil jedoch Papa übers Wochenende wegfahren musste, hatte

ich die

Oberaufsicht über die Mausefalle und über Mutters Gemütsverfassung.

Sonntagmorgen konnte ich endlich Entwarnung geben, denn die Maus war

in die Falle gegangen. Insgeheim darauf gefasst, dass Mutter sofort die Flucht ergreift, wenn ich die Falle mitsamt der Maus durch die Wohnung trage, musste ich mich eines besseren belehren lassen.....

„ Alexandra warte, lass mich die Maus mal aus der Nähe ansehen, sagte Mutter mit neugierig blitzenden Augen. Ach Gott, ist die süß!! Schau dir nur die niedlichen Ohren an und die braunen Äuglein, schwärmte meine ach so ängstliche Mutter entzückt. Wenn ich das nächste Märchen schreibe, spielt so eine putzige Maus garantiert die Hauptrolle!!"

Sprachlos sie anstarrend wusste ich nicht, sollte ich nun lachen oder weinen.

" Soll ich dir die kleine putzige Märcheninspiration in dein Büro stellen", fragte ich denn auch scheinheilig."

" Nein, nein, das kannst du der kleinen Maus unmöglich antun, schenk ihr

die Freiheit und lass sie auf der Wiese aus ihrem Käfig, "

erwiderte meine Mutter hastig.

Ehrlich, und wenn ich hundert Jahre mit meiner Mutter

zusammenlebe, werde wohl noch so manche Überraschung bei

ihr erleben müssen!!

EINER MORDETE

UND

HUNDERT SAHEN ZU

Die von der Form an einen riesigen Feuerdrachen erinnernde

dunkle Wolke, glitt

langsam weiter und gab das weißlich strahlende Licht des

Vollmondes frei. Jolly

liebte es, des Nachts durch sein Teleskop den vollen Mond am

Ende des Himmels

zu betrachten. Wohlige, abenteuergierige Schauer rieselten ihm

über den

zierlichen Rücken, wenn er in kindlicher Erregung und

unerschöpflicher

Phantasie dies Naturschauspiel beobachtete. Oder mochte es

am Reiz des

Verbotenen liegen, denn schließlich sollte er längst schlafen.

Vielleicht war es

aber auch die Erinnerung an die vielen geheimnisvollen

Geschichten, die Papi ihm

erzählt hatte. Jolly konnte es nie unterscheiden. Und auch jetzt,

hatte Jolly die Augen weit geöffnet als das Mondlicht sein

Gesicht sanft erhellte. Doch seine Augen, starr nach oben gerichtet, ließen weder Neugier noch wohlige Erregung erkennen.

Seit dem letzten Weihnachtsfest, als er von Papi das heiß ersehnte Teleskop geschenkt bekam, hatte Jolly zum ersten Mal diese innige Verbundenheit mit dem Mond verspürt.

Aber heute war es anders, ganz anders. Das Mondlicht kurz auf Jollys Gesicht verweilend, bevor es von einer neuerlichen Wolke verdeckt wurde, schien ein letzter Abschiedsgruß zu sein.

Kein Ton kam über die vollen blutleeren Kinderlippen. Kein Atemzug ließ die

schmächtige Bubenbrust, sich wölben und senken.

Jolly war tot. Einfach tot, sein junges Leben wurde ausgeknipst, so wie man Lichtschalter ausknipst.

Ein völlig Fremder hatte sich das Recht genommen Herr zu sein über das Leben und Sterben dieses siebenjährigen Jungen, und ihn, heimlich nach grausamen Spiel einfach im Park abzulegen wie einen alten, gebrauchten Autoreifen.

Vor vier Tagen war Jolly gerade auf dem Heimweg, als er in der belebten

Fußgängerzone unmittelbar vor dem Eingang zum Einkaufszentrum, plötzlich von

einem Fremden am linken Arm gepackt wurde. Jollys erschrockener Aufschrei,

ließ einige Passanten neugierig innehalten. Der hochgewachsene etwa

dreißigjährige Mann, die Schulterlangen schwarzen ungewaschenen Haare zu

einem losen Pferdeschwanz gebunden, ließ sich von den Umstehenden kaum

beirren. Jollys Aufschrei. „ lassen sie bitte meinen Arm los", kommentierte er nur

mit meckernden Lachen. Augenscheinlich, die Diskrepanz der beiden, Jollys

gepflegte Kleidung, hellblondes Haar und der Mann,
abgerissene Jeans,

vergilbtes Oberhemd, barfuss in Sandalen, ließ die Passanten
völlig unbeeindruckt.

Erstaunte Blicke, kurzes Kopfschütteln und schnellen Schrittes
gingen sie ins

Einkaufszentrum. Jollys Versuch sich aus dem eisernen Zugriff
zu entwinden

scheiterten ebenso kläglich wie sein Hilferuf an einen
Zweimetermann. „ Bitte

helfen sie mir, der fremde Mann tut mir weh!!"

„ Komm Jungelchen, stell dich nicht so an. Gehorche deinem
Vater in meiner Jugend ging's auch nicht immer zart zu, " war
der lapidare Kommentar.

Nie und nimmer konnte man annehmen, dass dieses ungleiche
Paar Vater und Sohn sind und doch, keiner der vielen
Menschen in der Fußgängerzone schienen auch nur für eine
Sekunde daran zweifeln, als der Mann den sich heftig

wehrenden hinter sich herzog und in eine belebte Seitenstraße einbog. Eine junge Frau mit ihrem dreijährigen Sprössling an der Hand, lachte nur. „ Na, mein Herr die Trotzphase ihres Jungen scheint aber trotz Schule noch in vollem Gange zu sein. Ihre Sorgen kann ich nachempfinden, ich habe zwei von der Sorte." Jollys verzweifelter Blick und Aufschrei, „ ich bin nicht trotzig, das ist nicht mein Vater", wurde mit einem weiteren Lachen der Frau quittiert. Jolly angstvoll Ausschau haltend, ob er nicht doch in den hastig Vorübereilenden ein bekanntes Gesicht erkannte, trieb es die Tränen in die Augen. Für einen kurzen Moment sah er Frau Maier. Sie wohnte zwei Stockwerke über ihnen und Jolly brauchte nur mit seinem Freund die Treppe hinaufpoltern und prompt schoss Frau Maier wie eine Kanonenkugel aus ihrer Wohnungstür und beklagte sich lautstark über die unverschämte Lärmbelästigung. Und obwohl auch jetzt kurzes Erkennen zu

bemerken war, schien Frau Maier keine Sekunde daran zu denken, Jolly könnte in höchster Lebensgefahr schweben!!

Schimpfend über die hohen Kaffeepreise wandte sie sich wieder ihrer Gesprächspartnerin zu.

Später, viel zu spät, würde sie jammernd kundtun: „ Hätte ich nur reagiert, wäre

ich nur hingegangen und hätte dem Fremden Jolly aus der Hand gerissen." Hätte

ich nur!!! Jolly wäre in diesen zehn Minuten zigfach zu retten gewesen, hätten die Menschen nur einen Moment überlegt. Ihre Augen aufgemacht, sich abgewendet

von den Schaufenstern und hingewandt zu dem kleinen sich heftig wehrenden

Jungen und dem ungepflegten brutalen Mann. Hätten sie nur einen Moment die

Ohren weit geöffnet und anstatt des täglichen Geschwafels nur für Sekunden auf die Hilferufe des Jungen gehört. Hätten sie nur einen Moment die eigenen banalen

Alltagssorgen vergessen und auf den kleinen Jungen aufgepasst.

Drei Straßen weiter, nach unzähligen Begegnungen mit Frauen und Männern,

Omas und Opas, Vätern und Müttern, keine zweihundert Meter von seinem

eigenen Elternhaus entfernt, wurde Jolly in ein Auto geschubst, wo ihn ein zweiter

Mann brutal den Mund zuhielt und ihn mit Gewalt auf den Rücksitz drückte. Starr

vor Angst, wissend dass ihn jeder Fahrmeter weg brachte von der Liebe und

Geborgenheit seiner Eltern, dachte Jolly völlig absurd: „ Und Mami wird

schimpfen weil ich nicht rechtzeitig zum Essen komme!!!"

Leicht benebelt von Medikamenten verspürte er dennoch den unsäglichen

Schmerz der sich durch seinen Körper bohrte. Weinend und leise wimmernd lag er in seinem unterirdischen Gefängnis auf einer schmuddeligen, stinkenden teilweise vom eigenen Blut nassen Matratze. Und doch war

gerade diese Matratze

im Moment der schönste Platz auf Erden, denn sie versprach

kurze Ruhepausen,

in denen sich die Fremden mit einem anderen Kind, wie Jolly

an dem Schreien

erkennen konnte, einem Mädchen beschäftigten. In kurzen

klaren Momenten

dachte er an Mami und Papi. Warum war Papi gerade jetzt im

fernen Angola um

als Entwicklungshelfer fremden Kindern zu helfen. Hier müsste

er jetzt sein, um

seinen kleinen Jolly zu befreien. Ab und an glaubte er Mami

rufen zu hören:

„ Johannes wo bist du??"

Johannes wurde er nur genannt wenn er etwas angestellt hatte.

Aber hatte doch gar nichts angestellt.

Er war nicht freiwillig mit gefahren und er hatte dem Fremden nicht erlaubt seinen

kleinen Körper zu misshandeln. Dies alles wollte er seiner Mutter sagen, doch

genauso wie er längst seine Tränen verloren hatte, so hatte er auch seine Stimme

verloren und so kam nur mehr leises wimmern und stöhnen über seine durstigen

ausgetrockneten Lippen.

Vier endlose Tage dauerte sein Martyrium bevor er alles verlor und sein junges

Leben wie eine Kerze im Wind ausgelöscht wurde. Niemals mehr würde er den

Vollmond betrachten können und niemals mehr würde er fröhliches

Vogelgezwitscher in der morgendlichen Dämmerung hören.

Genauso wenig wie er

den gellenden Schrei der jungen Frau hörte, als sie über seinen

leblosen Körper

stolperte und das muntere Vogelgezwitscher abrupt

verstummte. Für einen kurzen

Augenblick schien die ganze Welt den Atem anzuhalten, weil

Jolly, letzte Nacht für

immer aufgehört hatte zu atmen und zu leben

WILLKOMMEN

MUTTERFREUDEN

Pflichten fürsorglicher Mütter bestehen darin, auch bei schlechtem Wetter mit ihren Sprösslingen spazieren zu gehen. Es stand aber nirgends geschrieben, dass

gestresste Mütter dabei auf eine wohltuende Rast in einem Cafehaus verzichten

müssen. Zumal wenn es wie aus Eimern schüttete und die Koordination

Regenschirm tragen und Kinderwagen schieben ziemlichen Kraftaufwand erfordert.

Evi und Jutta hatten denn auch in dieser Beziehung keinerlei Gewissensbisse.

Demonstrativ, den sperrigen Kinderwagen als Rammbock benutzend, schob Evi ihre kostbare Fracht in das Café. In ihrem Schutz folgte Jutta nebst ihrem dreijährigen Sohnemann. Wie nicht anders erwartet, war das Lokal sehr gut besucht und bis auf einem Tisch in der Mitte, alle Plätze von vorwiegend älteren Damen besetzt.

Mit Argusaugen wurde denn auch das Eintreffen der jungen Frauen nebst Anhang misstrauisch beobachtet. Die Damen ringsum, elegant gekleidet, frisch gestylt gerade dem Friseur entflohen, stärkten sich bei Kaffee und Kuchen.

An den teils pikierten Gesichtern, konnte man erkennen, dass, das Auftauchen der jungen Frauen ihre Geruhsamkeit dabei empfindlich störte.

Selbstbewusst die lauernden Blicke ignorierend, gaben Evi und Jutta ihre Bestellung auf: „ Bitte zweimal Kaffee und ein Glas Limonade!!"

Die zwei Monate alte Alexandra hielt gerade ihr Nachmittagsschläfchen.

Zufriedenes Schmatzen am Nuckelsauger, verhieß, dass aus dieser Richtung

keinerlei Lärmbelästigung zu befürchten war. Doch gerade, als sich die Damen an

diesen ungewohnten Anblick gewöhnt und ihre wichtigen Gespräche fortsetzen

wollten, krähte klein Dirk in voller Lautstärke: „ Mama ich muss mal!!"

Sofort wandten sich wieder sämtliche Gesichter ruckartig, anklagend auf den

Mutter - und Kind- Tisch inmitten des Lokals. Mit freundlichem Lächeln erhob sich

Jutta huldvoll, nahm ihren Sohn an der Hand und führte ihn stolz erhobenen

Hauptes zu den Toiletten. Aber nur, um Sekunden später alleine zurück zu

kommen. Evis Fragezeichenblick wurde von der Freundin lachend quittiert.

„ Ja, mein Dirk wird langsam erwachsen. Auf die Damentoilette zu gehen hat er sich strikt geweigert und die Männertoilette ist für mich tabu. Deshalb, hat Dirk darauf bestanden alleine zu gehen, sein resoluter Kommentar: „ Geh zurück zu Tante Evi, ich kann meine Hose schon alleine aufmachen!!"

Leider saßen die Freundinnen mit dem Rücken zur besagten Tür. Erschrecktes

Geraune, und überlautes Klappern von hastig abgestellten Tassen, ließen Evi und

Jutta instinktiv besorgte Mutterhaltung einnehmen. Im Klartext heißt das: Absolute Hab - Acht - Stellung, blitzschneller Blick zu den Toilettentüren!!

Die grüne Latzhose mitsamt Unterhose bis zu den Knöcheln heruntergelassen,

sauste Dirk plärrend auf seine Mutter zu. „ Mammiii, hilf mir, ich kriege meinen

"Pipimann" nicht in die Schüssel und mir pressiert es so!!!!!!"

Hochroten Kopfes schnappte sich Jutta ihren Sohnemann und verschwand eiligst in der Damentoilette. Im gleichen Moment meldete sich Evis Tochter und übte sich

schreiend im Schnuller - Weitwurf. Der rosarote Babytröster landete mit Schwung

denn auch prompt in dem Sahnetortenstück einer dicken, stark geschminkten Dame am Nebentisch. Anstatt froh über diese unverhoffte Kalorienbremse zu sein, keifte die Frau erbost: „ Alles was recht ist, aber in einem Café haben Kinder auch wirklich nichts zu suchen!!"

Zustimmendes Nicken an fast allen Tischen, veranlasste Evi zu der stummen Frage: „ Ob denn alle älteren Frauen, wenn Ihre Kinder erwachsen sind so intolerant werden?"

Herzhaftes Lachen einer Frau im Rollstuhl am anderen Ende des Lokals, verstärkte die neuerliche Aufregung. „ Lieber Gott, sind wir denn

alle schon so alt, dass wir uns an dieser ehrlichen, kindlichen Unbefangenheit

nicht mehr erfreuen können? Ich für meinen Teil habe mich schon lange nicht mehr so köstlich amüsiert!!"

Anfängliche Wut der weiblichen Gäste wich stiller, beklommener Betroffenheit. Gestärkt durch die aufmunternden Worte der Frau im Rollstuhl,

gewann Evi ihr Selbstbewusstsein wieder und nahm ihre weinende Tochter aus dem Kinderwagen. Im gleichen Moment, kam Jutta mit dem tip - top angezogenen Dirk an den Tisch zurück und guckte auf die Freundin und den immer noch

schweigenden Gästen. In diese unangenehme Stille drang plötzliche die helle

lachende Stimme einer anderen Frau: „ Jetzt weiß ich, an wen mich der kleine

Schlingel dort erinnert. Mein Sohn, der jetzt Chefarzt im Krankenhaus ist, war als Junge genauso aufgeweckt und keck."

Augenblicklich löste sich die Spannung und fast jede der Frauen erkannte plötzlich Ähnlichkeiten in Dirk und Alexandra mit ihren eigenen

Kindern. Im Nu wurden Erlebnisse alter Zeiten zum Besten gegeben und wie schön und anstrengend es doch war mit den Mutterfreuden umzugehen.

Evi und Jutta, jetzt im positiven Sinne im Mittelpunkt stehend, konnten genüsslich und ohne Reue ihre Tasse Kaffee trinken und lernten so nebenbei wie es in der guten alten Zeit war, Mutter zu sein.

Nachtägliches

Ostergeschenk

Die Osterfeiertage ruhig und friedlich verbracht, bringt der erste Arbeitstag stets verlässlich die verhasste, gewohnte und doch irgendwie geliebte Alltagshektik.

„ Alexandra beeil Dich, Papa fährt sonst alleine los und darfst per Pedes in die Schule!!"

Diese Mahnung reichte und Töchterchen bekam ungewöhnlichen, morgendlichen Düsenantrieb.

Die Haustür aufgesperrt, blieben Vater, Mutter und Tochter wie angewurzelt stehen. Schokoladen- Hasen und bunt bemalter Ostereier längst verspeist, hockte nun ein waschechtes Wild - Hasenbaby, fest an die Steinstufe gedrückt, vor der Haustüre. Vater guckte verblüfft, Tochter jauchzte begeistert und Mutter seufzte besorgt. Zehn Häuser rings um, aber der Kleine Nager wusste haargenau in welche tierliebe Familie er sich einschleichen musste.

Ein Tischtuch, gebunden wie ein Wickel - Tragetuch um Mutter Dompkes

Leib, gab dem Wildhasenbaby die nötige Wärme und Mutter Dompke die Möglichkeit weitere Maßnahmen zu treffen, ohne das kleine Fellbündel alleine lassen zu müssen. Argwöhnisch, aber noch ruhig wurde das hellblaue Tischtuch um Frauchens Bauch, vom Familienhund betrachtet. Huskyhündin Mucki wuffte, worauf Tischtuch samt Frauchens Bauch prompt zappelte. „ Schschh, Mucki ich zeig Dir gleich Deinen neuen Mitbewohner, " ließ Mucki noch neugieriger auf

Frauchens Bauch schielen. Erst Frauchens Aufforderung: „ Mucki, los wir müssen in die Stadt, verwandelte Muckis Neugier in hektisches Rennen zur Haustür hinaus ins Freie und mit einem Satz war er auf den Rücksitz gesprungen.

Frauchens zappelnder Bauch war ihre momentan schnurzpiepegal, Hauptsache die brummende Familienkutsche setzte sich endlich in Bewegung. Katzentrockenmilch, Fencheltee, Fläschchen mit Sauger, Hamsterkäfig und Heu, komplett war die Ausstattung für das Findel Hasenbaby. Frauchens sonderbarer Aufzug und der zappelnde Bauch ließ den Verkäufer nun sonderbar gucken. „Entschuldigung, aber ihr blaues Babytuch zappelt gefährlich, nicht dass ihr Kind gleich rauskugelt."

„ Mein Kind ist ein Wildhasenbaby und denkt nicht daran auf den Fußboden rum zu kugeln", nuschelte ich.

Der Verkäufer guckte nun genauso neugierig belämmert wie Mucki zuvor, aber er verzichtete wenigstens auf ein lautstarkes Wuffen. Stattdessen, kassierte er viel lieber mit glücklich gierig blitzenden Augen, grinsend den hohen Geldbetrag.

Mucki, Autofahren über alles liebend, auf der Rücksitzbank warten, aber zutiefst hassend, befreite derweil Herrchens Lederjacke von den lästigen Zierknöpfen.

Froh dass es endlich weiterging übersah sie großzügig Frauchens immer noch

zappelnden Bauch.

Zu Hause aber, wollte Mucki endlich wissen welch fremder Geruch ihr ständig in der Nase hing und als Frauchen ihr das

Wildhasenbaby zeigte, verwandelte sich die sonst so wilde ungestüme Hundedame in eine ruhige fürsorgliche

Findel - Hasenbaby - Betreuerin. Fortan wetzte sie zwischen Hasenkäfig und Küche hin und her, geradeso als wollte sie sagen: „ Nu mach mal, unser Kleiner

hat Hunger!!" Der braunfellige Winzling zeigte keinerlei Scheu vor der großen schwarzfelligen Hundedame. Auf Anhieb nahm er das Fläschchen an und nuckelte hungrig am Sauger, ließ es sogar über sich ergehen, dass Mucki immer wieder neugierig gegen Fläschchen und Häschennase stupste. Nach erster erfolgreicher Nahrungsaufnahme, wollte Frau Dompke das Hasenbaby gerade wieder mitsamt Tischtuch um ihren Bauch wickeln, als Mucki protestierend winselnd auf Ihr Körbchen schielte. Einen Versuch war es allemal wert!!

Kaum Im Körbchen, kuschelte sich das Wildhasenbaby sofort an Muckis warmen Bauch und Mucki leckte ihm sanft übers struppige Fell putze im die langen Ohren.

Wildhasenbaby ließ sich diese Behandlung gefallen und streckte Hundeschnauze zusätzlich dickes Hasenbäuchlein entgegen. Frauchen schmunzelte glücklich, schlürfte genüsslich eine Tasse heißen Kaffee und betrachtete diese ungleiche Tierliebe.

Sechs Wochen lang betütelte und bewachte Mucki ihren Schützling. Sie wärmte ihn und als er seine kleinen Nager am Stromkabel ausprobieren wollte, wuffte sie

laut, schob ihre Schnauze unter das flauschige Hinterteil und rutschte das Hasenbaby vor sich her, über das blanke Parkett, weit weg aus der Gefahrenzone. Und als Roger, wie der Kleine inzwischen genannt wurde, unerklärlich wie er das schaffte, gar noch in die volle Badewanne fiel, überwand Mucki seine Abscheu vor Badewasser und sprang hinein um Roger zu retten. Tag und Nacht, wie nach einer inneren Uhr folgend, gab er alle vier Stunden nachdrücklich bescheid, dass

Rogers Fütterungszeit bevorstand. Roger entwickelte sich, dank dieser ausgezeichneten Hunde – und Menschenpflege zu einem wahren Prachtkerl und nach acht Wochen kam er, in ein sicheres Biotop, fernab aller Gefahren und durfte seine angeborenen Fähigkeiten in freier Natur ausleben.

Mucki, ihrer Mutterschaft beraubt, trauerte nicht lange sondern zeigte Erfindungsreichtum, klaute kurzerhand aus Frauchens Stofftiersammlung ein graues Plüschnilpferd, das sie fortan betütelte und überall mit sich herumschleppte.

NESTflüchter

Mitte Juli, wurde der Rolokasten an unserer Wohnzimmer-Fensterfront, von einem
Amselpärchen als Nistplatz ausgesucht.

Grashalme, dürre Zweige und sogar Teile zerfetzter Plastikfolien wurden verwendet um ein bequemes Nest zu bauen. Mit Argusaugen inspizierte Frau Amsel den Aufbau, zupfte hier und dort einen Grashalm zu Recht und prüfte sehr genau ob die Brutfläche auch ja ausreichte. Herr Amsel vom Balkonbalken aus, nervös zusehend, flog zufrieden zwitschernd von dannen, als sich seine Frau endlich im Nest niederließ.

Und wir Menschenwesen, durften, ohne das Vogelpaar zu stören, von der ersten Reihe aus, eines der größten Wunder der Natur beobachten.

Während das Amselpärchen in den nächsten Tagen noch emsig Reparaturarbeiten am Nest vornahm, dachten wir über Hilfeleistungen für die werdenden Vogeleltern nach. Das exakt kreisrunde Nest, dicht unter dem Dachvorsprung schien eigentlich ziemlich sicher zu sein. Sorge bereitete uns dagegen die tief darunter liegende Pflasterterrasse!! Also schnell Abhilfe schaffen!!!

Sorgfältig ausgebreitet, musste eine dicke grellbunte Steppdecke als weicher Landeplatz dienen, falls ein Junges aus dem Nest fallen sollte. Unser Gartenvogelhaus, frisch geputzt und mit weichem Heu ausgelegt, stellten wir auf den Balkon damit die Amselmutter, nach womöglichen Unglücksfall, sich auch weiterhin bequem um ihr „gefallenes" Jungvögelchen kümmern konnte.

Dicke Lederhandschuhe und eine Küchenrolle sollten verhindern, dass bei etwaigen Rettungsaktionen, das Vogelbaby keinesfalls unseren Menschengeruch annahm und deshalb von der Vogelmutter verstoßen wurde.

Und selbstverständlich vergaßen wir nicht, unseren gefiederten Untermietern

einen passenden Namen zu geben: Abgeleitet von Rolokasten hießen sie fortan,

„ Vogelfamilie Rolis!!"

Während Frau Roli endgültig Einzug hielt und trotz herrschender Hitze kaum mehr das Nest verließ, lugten wir von der Balkontüre aus, wie es ihr ging und ob sich schon was tat.

Als des Nachts schwere Gewitter mit Wolkenbruch ähnlichen Regenfällen hernieder gingen, rannten wir spärlich bekleidet auf den Balkon um uns zu vergewissern, dass Frau Roli vor den Sturmböen auch wirklich sicher war.

Während wir, pitschnass, zähneklappernd mit der Taschenlampe das Nest ableuchteten, schaute sich Roli, trocken und wohlbehütet aber ziemlich grimmig unser fragwürdiges Treiben an.

Keine Frage, die Amsel - Maßarbeit hielt dem stärksten Sturm stand, kein einziger Grashalm hatte sich bewegt.

Wir dagegen niesten am nächsten Morgen um die Wette und bekamen einen handfesten Schnupfen!!

Richtig froh aber waren wir, als Hans eines Morgens freudig verkündete, drei flaumbedeckte, graubraune Köpfchen mit weit aufgerissenen gelben Schnäbelchen entdeckt zu haben. Zwei Tage später reckte sich ein weiteres Köpfchen hoch und vier pumperl gesunde, ständig hungrige Rolis hielten Vater und Mutter ganz schön auf Trab.

Und wir - verrenkten uns in sicherer Entfernung die Köpfe um nur ja einen Blick auf die muntere Brut zu erhaschen.

Eines Sonntags morgen, saßen wir, uns im Flüsterton unterhaltend am Frühstückstisch und lauschten aufmerksam unserer fidelen Vogelfamilie. Vielschichtiges Kratzen der Vogelbeinchen auf dem Blech - Rolokasten und gieriges Tschilpen zeigte uns: Im Vogelnest war auch gerade Frühstückszeit!!

Urplötzlich, ohne Vorwarnung, - fiel eines der Kinder kopfüber aus dem Nest und verschwand ängstlich tschilpend in der Tiefe. Und wir, heillos aufgeschreckt schossen aus den Stühlen, rissen uns dabei fast gegenseitig um und rannten im Eiltempo ins untere Stockwerk, hinaus auf die Terrasse um das arme

Vogelkind zu retten, - und sahen gerade noch wie es putzmunter Richtung Heckenzaun hüpfte und im Dickicht verschwand.

Die dicke Daunendecke auf der Terrasse hatte den Sturz gemildert und somit ihren Zweck erfüllt.

Unser sündhaft teures Kaffeeservice hatte unseren heftigen Aufbruch dagegen nicht überstanden: Während ich die Scherben zusammen klaubte, flog Mutter Roli in aller Ruhe ebenfalls in die Hecke und zärtliches Tschilpen verriet freudiges Wiedersehen. Gerade den stärkenden dampfenden Kaffee, diesmal aus Plastikbechern, genießend, schreckten wir erneut hoch, weil Vogelkind Nummer zwei im Sturzflug aus dem Nest nach unten fiel. Kurzes Nachlesen im Vogelkundebuch bestätigte unsere Vermutung:

Die Nestflucht schien zu beginnen!

Den arbeitsfreien Sonntag nutzend, beobachteten wir mit Argusaugen das Nest, um zu sehen wie und wann die beiden letzten Jungen ihr sicheres Domizil verließen.

Mutter Roli blieb in der Hecke und versorgte Rolikind Eins und Zwei.

Vater Roli hockte auf einem Gebüschzweig vor der großen Edeltanne am unteren Ende des Gartens und tschilpte, den starren Blick dabei, unentwegt auf das Nest gerichtet. Rolikind Nummer Drei konnte den Lockrufen des Vaters nicht lange widerstehen, setzte zum Flug an, verlor verzweifelnd flatternd stetig an Höhe - schaffte es knapp bis zum Gebüsch um krachend durch die dünnen Äste brechend, unsanft auf dem Boden zu landen.

Nach kurzer Erholungspause und wie wir glaubten, beleidigtem Tschilpen verschwand es kurz darauf ebenfalls im Heckenzaun. Vorsichtshalber geschah dies aber, zackig auf dem Boden hüpfend, begleitet von Vater Roli der dicht über dem Kopf fliegend, dem Kleinen den Weg wies.

Rolikind Nummer Vier blieb dagegen kläglich tschilpend im Nest zurück. Anscheinend war er der Kleinste und zugleich auch der ängstlichste. Der Nachmittag verstrich und der Kleine hockte immer noch einsam und verlassen im Nest, nur sein Köpfchen ruckte aufmerksam hin und her. Entweder hatten die Roli Eltern ihr Nesthäkchen verlassen oder ihr Befehl lautete: trau dich endlich runter oder du verhungerst im Nest!!

Brutale Vogelelternpraktik!!!

Wir jedenfalls saßen wie gebannt, aber gut verborgen am Fenster und bibberten mit dem Kleinen. Spätnachmittags fasste er endlich Mut und flatterte vom Nest weg, quer herüber - und landete ungeschickt auf dem hölzernen Balkongeländer. Verzweifelt flügelschlagend schaffte er es, ins Gleichgewicht zu kommen und blieb, Köpfchen

traurig gesenkt, einem kleinen Häufchen Elend gleich, auf dem Geländer hocken.

So sehr wir auch mit ihm litten, - entweder schaffte er diesen letzten Sprung in die Freiheit unter Gottes Himmel oder er war zu schwach und würde nicht lange überleben!! Kurz bevor die Dämmerung hereinbrach, flatterte er endlich los und verschwand ebenfalls. Sein Fehler, - es war die falsche Richtung und somit die verkehrte Heckenseite!!

Roli Nummer vier, schien nicht nur der Kleinste sondern auch der tollpatschigste zu sein!! Bekümmert gingen wir zu Bett und hofften inständig dass Nachbars Katze ausnahmsweise Hausarrest hatte!!

Aber irgendwie, schienen die Vogeleltern des Nachts, Roli Nummer vier doch noch auf die richtige Heckenseite gelockt zu haben, denn als wir morgens in den Garten gingen hörten wir ihr wohlbekanntes, vierstimmiges Tschilpen.

Einige Tage später konnten wir feststellen, dass es mit der Flugkunst noch arge Schwierigkeiten gab. Unsere Tochter stand arglos im Garten blickte gelangweilt gen Himmel und sah eines der Rolikinder im Tiefflug, verzweifelt flügelschlagend auf sich zu flatternd. Nur ein blitzschneller Sprung zur Seite verhinderte gerade noch, dass ihr der Kleine geradewegs ins Gesicht flog. Seine endgültige Landung aber endete prompt im Gartenteich.

Nach erfolgreicher Rettung, hüpfte er schleunigst Richtung Hecke, worauf unsere Tochter murmelte: „ ab morgen geh ich nur noch mit Sturzhelm in den Garten und ich bin mir sicher, dieser Flugkünstler heißt, „Tollpatschroli!!!!"

Und sie schien recht zu haben, denn im Gegensatz seiner vier fluggeübten Geschwister, musste Tollpatsch – Roli, vier weitere unfreiwillige Stürze in die Büsche und zwei in den Waschkorb überstehen, bis er voll flugtauglich sicher auf dem Ast unserer Edeltanne landete und haarscharf und sehr gekonnt, an Vaters Kopf vorbei, erleichtert aber sehr unfein Vogelkot absetzte!!

Nicht hinter jeder Rose,

versteckt sich eine Rose

Alexandra stöberte in alten Fotos, als ihr ein Bild ihres geliebten Chinchillas Namens Rose in die Hände fiel.

Alexandra wollte damals in der kleinen Zoohandlung nur eine neue Hundeleine für unseren ersten Hund kaufen, als sie im untersten Regal im hintersten, finsteren Eck einen viel zu kleinen Käfig entdeckte in dem ein junges Chinchilla - Mädchen kauerte.

Empört, stellte sie den Zoohändler zur Rede, worauf dieser sich in sämtlichen Ausreden flüchtete. Kurze Rede langer Sinn: Alexandra kaufte kurzer Hand Chinchilla- Mädchen plus sauberen großen Käfig und sonstigen Utensilien plus

Nahrung. Die Hundeleine hatte sie total vergessen, als sie voller Stolz mit ihren Einkäufen nach Hause kam.

Entgegen ihrer Befürchtung lobten Alexandras Eltern ihren Einsatz dem Tierchen das Leben zu retten. Chinchilla - Mädchen bekam den Namen "Rosenrose", Abkürzung "Rose".

Viele Monate lang, blieb Rose sehr scheu gegenüber fremden Menschen, bisher hatte sie ja nie Zuneigung oder gar Liebe

erfahren.

Doch die lange Geduld und Fürsorge zahlten sich doppelt aus.

Jeden Tag durfte Rose eine Zeitlang frei im Zimmer herum laufen, frei von ihrem Käfig erkundete sie im Zick - zack Kurs jede Ecke und irgendwann traute sie sich zu ihren Menschen immer näher heran und eines Tages hüpfte sie auf Alexandras Schoß und nahm die Leckerchen aus ihrer Hand.

Von diesem Zeitpunkt an, entwickelte sich eine innige, vertrauensvolle Zweisamkeit.

Es war pure Freude Alexandra und Rose beim Spielen zu beobachten.

Einige Jahre später, im Sommer bemerkte Alexandra, dass Rose fast nichts mehr fraß. Sofort wurde ein Termin beim Tierarzt vereinbart. Dank unserer Hunde hatte die Familie ein mittlerweile sehr freundschaftliches Verhältnis zum Tierarzt namens "Horst". Horst erklärte uns dass bei Nagern oftmals die Zähne vereinzelt zu lang wurden und sie deshalb schlimme Probleme beim Fressen bekamen. Kurzum die Zähne abgeschliffen werden müssen.

Leider habe ich hier in meiner Praxis nicht die nötige Ausstattung für so einen Eingriff alleine die Narkose birgt große Risiken und muss mit aller Vorsicht gegeben werden.

Noch am gleichen Tag hatten wir einen Termin in der Tierklinik.

Einige Stunden später, hatte Rose die Prozedur überstanden und wir waren heilfroh, dass alles gut gegangen und wir sie wohlbehalten nach Hause bekamen.

An diesem Tag war es furchtbar heiß und spät abends blitzte und donnerte es und ein heftiger Sturm fegte ums Haus, riss sämtliche Gartenmöbel um.

Plötzlich ohne Vorwarnung fiel Rose um, ihr Kreislauf geriet außer Kontrolle

Panisch riefen wir beim Tierarzt an. Mittlerweile war es fast

Mitternacht und der Sturm nahm immer noch zu.

Pure Verzweiflung klang aus Alexandras Stimme: " Horst du musst sofort Kommen, Rose ist umgefallen und rührt sich nicht mehr"!!

Schlaftrunken wälzte sich Horst aus dem Bett und gehorchte aufs Wort, schwang sich ins Auto und raste zu uns. Als er Rose so leblos liegen sah, reagierte er blitzschnell, zuerst massierte er ihre Brust als sie wieder Lebenszeichen von sich gab, verabreichte er ihr schnell eine Spritze und Minuten später war Rose wieder putzmunter und uns fiel ein dicker Stein vom Herzen.

Seufzend ließ sich Horst auf den nächsten Stuhl plumpsen. " Ich für meinen Teil brauche jetzt eine starke Tasse Kaffee Ehrlich ich mag euch sehr gerne aber ab und zu treibt ihr mich in den Wahnsinn. Als euer Anruf kam, dachte ich zuerst. Verdammt noch mal, bin ich jetzt schon dafür zuständig wennbei einem Sturm ein Rosentopf umfällt!!"

Mit herzlichem Gelächter und tiefer Dankbarkeit bekam Horst seinen Kaffee und Rose jede Menge Streicheleinheiten.

Ein paar Tage später, ging alles wieder seinen normalen Gang, Rose hatte wieder Appetit knabberte genussvoll an ihren geliebten Grissini und beim spielen kroch sie wie gewohnt in Alexandras Ärmel und genoss die Geborgenheit und Wärme in dem Pulloverärmel und hielt ein kleines Nickerchen bevor sie wieder durchs Zimmer wieselte

ONKEL AARON

Ein ruhiger, beschaulicher Nachmittag. Ich sitze am Fenster und schaue den

herumwirbelnden Tanz der Schneeflocken zu. Das monotone Schneegestöber

verführt zum Träumen. Erinnerungen an längst vergangene Tage werden wach.

Vor meinem inneren, geistigen Auge, formiert sich vage, nach und nach immer

deutlicher werdend, ein mir vertrautes Gesicht: Schwarze, von silbernen

Fäden durchzogenes Haar. Buschige, dunkle Augenbrauen, tiefblaue große,

gütige Augen, eine markante, geradlinige Nase und die nach oben gezogenen

Mundwinkel verraten, dass dieser Mensch gerne lacht, zumindest lächelt. Die

Falten an den Augen, der hohen Stirn und den rosigen Wangen, zeichnen ein

bewegtes Leben. Onkel Aaron!!

Wie lange ist es her, seit ich zuletzt an ihn gedacht habe und doch ist er

mir so nah, als stünde er neben mir!

Fast zwanzig Jahre ist er schon Tod, den Genuss eines hohen Alters durfte er

nicht erfahren - und dennoch hat er mehr erlebt, als mancher in zwei

Leben. Damals, als ich ein Kind, springlebendig, wissensdurstig und ewig auf der

Suche nach der Welt der Erwachsenen war, durfte ich mich sehr glücklich

schätzen, denn Onkel Aaron war ein wichtiger Begleiter meiner Jugendzeit. Viele Male besuchte ich ihn und seine Familie. Ich, die es nirgends lange aushielt, lauschte still seinen   Reden und geduldig

beantwortete er mir meine tausend Fragen. Niemals davor und nie mehr danach

ist mir je ein gütigerer Mensch begegnet. Onkel Aaron strahlte soviel

Vertrauen und unendliche Liebe aus. Dabei hätte er wohl am meisten Grund

gehabt, verbittert zu sein und die Menschheit zu hassen. Von klein auf

nannte ich ihn Onkel Aaron und das, obwohl er nicht mit mir verwandt war.

Meine Eltern hatten ihn kurz nach dem Krieg kennen gelernt. Tiefe

Freundschaft und noch mehr Erfahrungen verbanden sie. Onkel Aaron war Jude,

mein Vater Ungare und meine Mutter Deutsche. Verschiedene vom Schicksal

zusammen gewürfelte Nationen.

Erst als ich vierzehn Jahre alt war, wurde mir richtig bewusst, dass Onkel

Aaron sein Leben im Rollstuhl verbrachte: Warum saß er im Rollstuhl?

Weshalb hatte er unterhalb der Oberschenkel keine Beine mehr?? Ich

begann meinen Vater danach zu fragen. Zum ersten Mal erfuhr ich, was es

bedeutete im Krieg ein „ Jude „ zu sein. Onkel Aaron lebte seit seiner

Jugendzeit in unserer Kleinstadt. Wie sein Vater und Großvater hatte er den

Beruf des Schlossers erlernt. Onkel Aaron arbeitete für die Deutschen und viele von ihnen waren seine „ Freunde"!! Als zwanzigjähriger heiratete er

und seine geliebte Frau schenkte ihm im Lauf der Jahre vier Kinder.

Eines Tages brach der Krieg aus und plötzlich war es ein Verbrechen ein

„Jude „ zu sein. Die gesamte Familie wurde in ein Konzentrationslager

verbracht. Still hat er die Beleidigungen, Demütigungen und Schmerzen

ertragen. Nie den Glauben an das Gute im Menschen und nie den Glauben an

Gott verloren. Viele hat er auf dem Weg zur Endlösung in die Gaskammern

gehen gesehen. Männer, Frauen, Kinder, Greise, Freunde, Fremde, immer mit

dem bangen Gefühl, wann sind wir an der Reihe!!

Stumm vor unsagbarem Schmerz sah er seine Frau und seine Kinder, durch die

schwarze Tür in den Tod gehen. Seine Eltern hielten die Strapazen und

Qualen nicht durch und starben. Er sah sie leiden, er sah sie sterben - und er konnte nichts tun. Er durfte ihnen nicht einmal ein

menschenwürdiges Grab geben. Wie durch ein Wunder überlebte Onkel Aaron

diesen Wahnsinn. Doch der Preis dafür, war sehr hoch!!

Nach dem Krieg wurden ihm zuerst die abgefrorenen Zehen amputiert und

später beide Beine bis zu den Oberschenkeln. Viele Operationen musste er

über sich ergehen lassen und selbst diese Pein konnte dem Mann seinen Lebensmut nicht nehmen. Langsam baute er sich eine neue Existenz

auf. Er fand eine Frau, die ihn liebte und er wurde Vater einer Tochter.

Nach soviel Leid hatte er wieder etwas Glück gefunden und ich glaube,

niemand hat es mehr verdient als dieser tapfere Mann.

Heute, wenn ich an Onkel Aaron denke, verbeuge ich mich vor ihm. Und ich,

die viele Jahre nach dem Krieg geboren wurde, bitte ihn um Vergebung. Ich

bin stolz darauf diesen Mann gekannt haben zu dürfen, denn er hat mir etwas Wichtiges mit auf meinen Lebensweg gegeben. Alle Menschen

egal welcher Herkunft, Religion und Rasse zu achten und zu ehren. Ich habe

nicht die Möglichkeit, all meinen Mitmenschen zu erklären dass jeder seinen Freund, Nachbarn, Mitbewohner oder den Fremden auf der Straße nicht nach seinem

Äußeren beurteilen und behandeln soll, sondern eher nach seinen inneren Werten.

Ich jedenfalls bin davon überzeugt dass sich unter manch harten, grauem

Menschenstein ein wunderbarer Diamant verbirgt. Und ich hoffe aus ganzem

Herzen, dass jedes Kind einen Nennonkel wie Onkel Aaron hat.

In demütiger und liebevoller Erinnerung an all die wundervollen

Menschen, denen ich in meinem Leben begegnen durfte. Ein

Inniges Dankeschön für ihre Begleitung auf

meinen Lebensweg. Ihre Erfahrungen, Lebensgeschichten und

Herzensgüte, waren und sind mir die wertvollsten

Seelengeschenke. Jeder Einzelne wird auf ewig in meinem Herzen verbleiben.

Perserkater Stanislaus

denkt

er wär der Herr im Haus

Erika liebt Tiere über alles, besonders aber liebte sie Katzen.

Ihr samtweicher, graziöser Gang, die Geschmeidigkeit gepaart

mit enormer Kraft ihres Körpers

und nicht zuletzt ihre stets wachen und irgendwie

geheimnisvollen Augen, faszinierten Erika jedes Mal aufs Neue.

Obwohl Katzen durchaus die Nähe der Menschen suchen und

egal wie sehr

sie ihre Menschen auch lieben, bewahren sie doch, stets ihren

Stolz und unabhängige Würde.

Völlige Unterwerfung, so wie bei Hunden, wird man bei Katzen

wohl kaum finden. Aber gerade dieser ungeheure Freiheitswille,

gepaart mit liebevoller

Übereinkunft mit dem erwählten Herrchen oder Frauchen, kann

das Leben mit diesen Schmusetigern überaus reizvoll sein

Erika, vom Charakterbild der Katzen fasziniert, kam mit allen

Katzen gut zu recht, oder besser - mit fast allen!!

Einzige Ausnahme, Perserkater Stanislaus, ihrer besten

Freundin Uschi Hauseigener Stubentiger, zeigte sich ihr

gegenüber oft hinterlistig und kratzbürstig. Warum und weshalb,

war und blieb selbstverständlich sein Geheimnis.

Bisher wenigstens!!

Ab morgen sollte Erika für eine Woche, Stanislaus in Pflege

nehmen. Zeit

genug um sein störrisches Verhalten zu ergründen.

Gespannte Körperhaltung, schleichender Gang, grimmige

Kopfhaltung

verrieten, Stanislaus passte weder die neue Umgebung noch

Erikas Nähe.

Doch nicht nur das, erregte seinen Kampesgeist:

Schauderlich fauchend vertrieb er Erikas Katze Mimi von ihrem

Stammplatz.

Mit jeder Stunde wurde sein Benehmen wütender und seine

Zerstörungswut

nahm immense Ausmaße an. Erikas Vermutung, dass er sich

erst

eingewöhnen musste, widerlegte Stanislaus gründlich. Er fraß nicht nur

seine Portion sondern auch Mimis Ration wurde gierig verschlungen.

Anstatt Trauer und Unsicherheit, zeigte er nur Angriffslust. Sehnsucht

nach Frauchen konnte man ebenfalls ausschließen, weil er Uschis Pullover

mit ihrem Körpergeruch links liegen ließ.

Einziger Schluss, Stanislaus wollte dieses Revier für sich alleine beanspruchen und Erika mitsamt Katze Mimi daraus vertreiben. Drei Tage und Nächte hielt dieser Terror an, bis Mimi im wahrsten Sinne der Kragen platzte und aus der sanften Schmusekatze ein fauchender Miniaturtiger wurde.

Stanislaus, massive Gegenwehr noch nie erlebt, zeigte zuerst pure Verblüffung bis an seiner Körpersprache zum ersten Mal so etwas wie banges Verhalten erkennbar wurde.

Mimi ließ keine Gelegenheit mehr aus um Stanislaus die Krallen zu zeigen.

Und nach einer besonders heftigen Attacke, vergaß Stanislaus sein Dominanzgehabe endgültig, sauste wie ein Blitz - schnurgerade in den

offenen Kamin.

Erika traute ihren Augen kaum, als sie den vormals schneeweißen Perserkater total verdreckt, von Holzkohle und Asche, einem Häufchen Elend gleich in der Ecke kauernd fand.

Mimi, viel kleiner und zierlicher als Stanislaus hatte ihm sein Paschagehabe aufs gründlichste ausgetrieben. Zufrieden saß sie vor ihm und leckte sich genüsslich

die Pfoten.

Lammfromm ließ Stanislaus sich von Erika baden. Als er getrocknet

und frisch gebürstet, wohlgemerkt ohne zu Murren, im Zimmer hockte, tapste Mimi stolz herbei und ein kurzer, schräger Blick von ihr genügte und er trottete brav hinter Mimi her.

Die Woche mit den Stubentigern, wurde für Erika denn auch noch sehr erholsam. Abends, gemütlich auf der Couch sitzend, forderten nun zwei Schmusekatzen ihre Streicheleinheiten. Im Gleichtakt schnurrend, bedankten sie sich fürs ausgiebige Bauchkraulen.

Uschi erkannte ihren ehemals, herrschsüchtigen Perserkater fast nicht wieder.

„ Hast Du irgend eine „ mach mich lieb" Katzendroge erfunden oder ist mein Stanislaus furchtbar krank?? „

„ Weder das eine noch das andere, lachte Erika. Dein Paschakater brauchte nur die zarte Pfote meiner Stardompteurin."

Und was vor einer Woche niemand für möglich gehalten hätte, Stanislaus

weigerte sich mit Uschi nach Hause zu gehen. Einträchtig lagen Mimi und er unter dem Bett und zeigten den beiden Frauen mit

jammernden, ohrenbetäubenden miauen: „ Wir wollen

zusammenbleiben!!"

Kurzerhand, einigten sich die beiden Freundinnen,

abwechselnd das

Katzenpaar im wöchentlichen Turnus, liebevolles

Menschenobdach zu

gewähren.

Worauf, einige Monate später vier wuschelige, wackelbeinige

aber sehr

neugierige Stanislaus – Mimi Nachkömmlinge die

Menschenwohnung in

einen turbulenten Abenteuerspielplatz verwandelten

Polterabend

Mit

Folgen

Polterabende, gefeiert auf einsam gelegenen Berghütten mögen durchaus einen besonderen Reiz ausüben, können jedoch auch zweifelsohne für unangenehme Folgen sorgen.

So geschehen bei meiner Schwägerin Johanna. Bekannt für ihre Extravaganzen tat sie meiner Frau Gloria und mir kund, dass sie ihren Polterabend auf unserer Berghütte feiern wolle. Gloria, im neunten Monat schwanger, sofort Feuer und Flamme, zerstreute lachend meine Bedenken. „ Keine Sorge Robert, der Geburtstermin ist erst in drei Wochen und Baby und ich haben vor, diesen auch einzuhalten." „ Mag sein", meinte ich skeptisch, „ aber seit ich in diese Familie eingeheiratet habe, glaube ich nur mehr, was ich schwarz auf weiß sehe und gucke obendrein nach, ob es nicht doch mit Geistertinte geschrieben ist!! Sogar für unsere Hochzeit brauchten wir zwei Anläufe: Beim ersten Mal verwechselten Gloria und Johanna das Datum und ich stand vor dem

Standesamt, - bewaffnet mit Blumenstrauß und funkelnden Eheringen - wie bestellt und nicht abgeholt!!

Beim zweiten Mal erwischten die Damen prompt die verkehrte Autobahnausfahrt, landeten irgendwo in der Pampas und telefonierten verzweifelt nach Hilfe, weil die Autobahnkarte für Normalbürger nicht zu lesen ist!!

Um weitere Eventualitäten auszuschließen, fand unsere Hochzeit schließlich in dreitausend Metern Höhe in einem Heißluftballon statt. Mittels Whisky, meine angeborene Luftkrankheit bekämpfend, nuschelte ich anstatt eines kräftigen „ja ich will", zaghaft und mit zittrigen Knien, „ ja, aber nur unter der Bedingung, dass meine

Lebensversicherung nicht gleich an meine Witwe ausbezahlt wird!!"

Wen wundert's, dass ich bei der Idee mit dem Polterabend nicht gerade in stürmische Begeisterung ausbrach. Als Heinz, mein zukünftiger Schwager mir Schulterklopfend

zu flüsterte: „ Keine Sorge es kann doch gar nichts passieren, schließlich bin ich ja auch dabei!!" Entlockte mir den entsetzten Ausruf: „ Um Himmelswillen du bist doch Tierarzt!!", Was jedoch nur milde belächelte wurde: Am 13. Oktober sollte die Feier stattfinden. (Man beachte das bedeutungsvolle Datum!!)

Eingebettet zwischen Felsen und Wäldern, nur erreichbar mit einem Landrover, lag idyllisch und einsam unsere Berghütte!! Einen Tag vor der Feier, fuhren Heinz und ich hoch um die nötigen Vorbereitungen zu treffen. Die Getränke und Lebensmittel, locker berechnet um ein ganzes Dorf zu versorgen, schleppten wir in die Vorratskammer und bald darauf, verbreiteten, kunstvoll verzierte Kachelöfen, behagliche Wärme in den Zimmern. Nur der Generator, zur Stromversorgung gedacht, sprang erst nach stundenlangem tüfteln an. Aber auch nur deshalb, weil wir zufällig auf die Tankuhr schauten um erstaunt festzustellen dass kein Tröpfchen Benzin im Tank war.

(Wie kann man auch erwarten dass ein Tierarzt und ein Modezeichner imstande sind eine simple Tankuhr ab zu lesen!!) Als ich zum hundersten Mal und angesichts des beginnenden Schneefalls meine Bedenken wegen Glorias Zustand kundtat, seufzte Heinz endgültig entnervt. „ Jetzt hör mal auf. Zwanzig Leute werden hier sein, ausgestattet mit Landrover und installiertem Autotelefon und außerdem ist mein Freund Horst hier und der ist bekanntlich

Frauenarzt!!" Heinz hatte ja recht, meine Besorgnis war wirklich übertrieben. Was

sollte denn schon schief gehen. Einige Stunden nach dieser Feier würden wir wieder in gewohnter Zivilisation sein und konnten beruhigt auf die Geburt unseres Babys warten!! Am nächsten Tag, um die Mittagszeit kamen unsere Frauen, verbarrikadierten sich in der Küche und bald darauf roch es im ganzen Haus verführerisch nach Schweinebraten in Biersauce. Langsam begann ich mich auch auf den Polterabend zu freuen und als die ersten Gäste kamen begrüßte ich sie mit der traditionellen Schneeballtaufe!! Die Feier konnte beginnen ich war auf alles vorbereitet!!

Um zwei Uhr früh schoben wir die letzten Gäste zur Tür hinaus und Gloria winkte ihnen glückstrahlend hinterher. „ Robert, dieser Polterabend war einfach wundervoll. Heinz und Johanna werden sicherlich genauso glücklich wie wir es sind." Im Moment, schien Johanna weniger an ihr Eheglück zu denken. Die Gute hatte alle Hände voll zu tun, Heinz mitsamt seiner Whiskyflasche ins Schlafzimmer zu bugsieren. Ein Meter fünfundachtzig Minibaumlänge plus fünfundneunzig Kilo Schlaffgewicht abgefüllt mit mindestens einem Liter Whisky gemixt mit Eis und Cola schienen einfach nicht durch den Türrahmen zu passen. Nach dem dritten Knall gegen die Wand, nuschelte Heinz: „ Nu tu doch mal die blöde Mauer weg, die versperrt doch die ganze Tür!!"

Entnervt hievten wir Heinz auf die Eckbank, deckten ihn zu und überließen ihn seinen letzten Junggesellenträumen. Ich mochte vielleicht eine Stunde geschlafen haben, als mich harte Rippenstöße begleitet mit spitzen Schreien aus dem Schlaf rissen. „ Robert, wach endlich auf. Ich glaub Baby hält sich

nicht an unsere

Abmachung!!" Schlagartig wach, schwirrten mir die schlimmsten

Gedanken durch den Kopf, Berghütte, - tiefste Wildnis, - Geburt

unseres Kindes – Geschoss artig stand ich

auf den Beinen. „ Keine Panik, wir haben Autotelefon und mit

dem Landrover sind wir in

zwanzig Minuten in der Klinik!!"   Im heftigsten Schneefall

gepaart mit eisigem Wind kämpfte ich mich die zwanzig Meter

zum Auto. Den Telefonhörer ans Ohr gepresst, teilte mir eine

freundliche Frauenstimme mit: „ zur Zeit keine Funkverbindung,

bitte versuchen sie es später noch mal!!"   Auch gut,

Hauptsache auf den Landrover war Verlass!! So wäre es

sicherlich gewesen, wenn nicht irgendein Spaßvogel die Luft

aus den Rädern gelassen hätte. Werners hämischer Ausspruch

von wegen: „ Für euren Morgensport haben wir vorgesorgt",

kam mir deutlich in den Sinn. Und dies, hatte die Bande auch gründlich getan, denn bei Heinz Auto waren die Reifen ebenfalls platt.

Mir selbst beruhigend zuredend, rannte ich ins Haus zurück und brüllte: „ Heinz, wach auf ich kriege mein Baby!!" Mit schauerlichem Krachen auf den Fußboden knallend kam es nuschelnd zurück: „ Isch ja gut, die Kuh kriegt zuerst einen Whisky danach badest du das Kalb in Gin und mich lässt du erstmals schlafen!!" Mein flehendes Schreien zeigte zwar Wirkung aber leider die falsche!! Auf allen Vieren kroch Heinz unter dem Tisch hervor versuchte langsam auf die Beine zu kommen und glotzte mich scheel an. „ Du schaust aber kein bisschen wie eine schwangere Kuh aus!!" Aufgeschreckt durch den Heidenlärm, kam Johanna ins Zimmer und rannte sofort weiter, als ich zitternd zur

Schlafzimmertür zeigend, atemlos japste: „ Gloria, bekommt das Baby und dein Verlobter ist ein Vollidiot!!" Sekunden später dröhnte sie im Befehlston: „ Ich brauche heißes Wasser und für Heinz kochst du zwei Kannen Kaffee damit du ihn wieder auf Vordermann bringst!!" Nach sechs Tassen Kaffee bekam Heinz einen einigermaßen klaren Blick und nach der neunten Tasse ließ er endlich die Whiskyflasche los und ich

konnte ihn davon überzeugen dass er diesmal nicht bei einer Kuh Geburtshilfe leisten muss. Auf wackeligen Beinen schob ich ihn durch die Schlafzimmertüre. Die Geburt

schien bereits weit fortgeschritten zu sein. Bei jeder Wehe stützte Johanna, Glorias Rücken und machte ihre die richtige Atemtechnik vor. Heinz glotzte dümmlich stotternd auf die beiden. „ Jesses Gloria kriegt ja gerade ihr Baby!!" Diese erleuchtende Erkenntnis hatte zur Folge, dass der Generator den Geist aufgab und das Licht ausging. „ Kerzen, wir brauchen Kerzen. Robert vergiss nicht den Verbandskasten aus dem Auto zu holen." Heinz, Glorias schmerzvolles Stöhnen hörend nuschelte aufmunternd: „ Nu sei mal unbesorgt, jetzt ist ja der Onkel Doktor da", sprachs, stolperte und knallte mit voller Wucht gegen das Bett. „ Hoffentlich hat er sich jetzt nicht endgültig selbst außer Gefecht gesetzt", jammerte Johanna gequält, „ bitte Robert beeile dich!!" Als ich mit Kerzen und Verbandskasten zurückkam hörte ich Heinz gerade freudig ausrufen. „ Gut so Gloria, mach so weiter ich kann schon das Köpfchen spüren!" Worauf Johanna jammerte: „ Dämlack, lass gefälligst mein Knie los, sonst ziehst du Gloria

und mich noch vom Bett!!"

„ Tschuldigung, aber dein Knie fühlte sich echt wie ein Kinderköpfchen an, " protestierte Heinz gekränkt. Gloria, erschöpft nach Atem ringend, japste während einer kurzen Wehenpause. „ Jetzt fangt bloß nicht an zu streiten, Baby will nicht länger warten!!" Und recht hatte sie, denn zehn Minuten später tat unser Sohn seinen ersten protestierenden Schrei. Worauf ich voller Rührung protestierte: „ Hört ihr sein Schreien, der Kleine wird uns nie vergeben, dass ein Tierarzt ihm auf die

Welt geholfen hat!!" Von wegen polterte Heinz lautstark dazwischen: „ Der Kleine wird mir ewig dankbar sein, - kein Kalb, dem ich auf die Welt geholfen habe, hat sich jemals bei mir beschwert, - sprachs, ließ sich auf den nächstbesten Stuhl fallen - und schlief augenblicklich ein.

SCHILDKRÖTE SUSI

Schildkröten, für den Menschen sichtbar gebliebene Überlebende aus fast vergessener Urzeit. Schildkröten für uns immer noch so gut wie unerforscht und somit fremd und eigenartig und doch, oder vielleicht deshalb so faszinierende Geschöpfe.

Ihr glänzender, hell bis dunkelbraun gesprenkelter Panzer zeugt von Unverwundbarkeit und wenn sie absolut still da liegen, erinnern sie an Geschöpfe der Natur, die einzig den Einklang mit sich selbst und dem Universum gefunden haben.

Vor vielen Jahren, brachte meine Mutter eine Schildkröte, namens Susi mit nach Hause. Irgendein netter Mensch wollte sie loswerden und Mutter kam gerade rechtzeitig um Susi vor einem schlimmen Schicksal zu bewahren.

Obwohl wir mit Susi weder spielen, kuscheln noch jagen wie mit Hund und Katze konnten, wurde sie genauso geliebt, gehegt und gepflegt.

Tupfte man zart auf ihren Panzer, kam je nach Lust und Laune ihr Eidechsen haftes Köpfchen zum Vorschein. Streichelte man sie mit dem Zeigefinger reckte sie ihr Köpfchen und ruckelte im Gleichklang der Bewegung der Fingerkuppe mit, genauso als wollte sie sagen: „ Das tut gut, mach weiter."

Susis träger Schauckelgang verwandelte sich in einen hurtigen, schlaksigen Schnellgang, wenn man ihr ein frisches Salatblatt vor die Nase hielt. Blitzschnell schoss ihr Köpfchen aus der Panzeröffnung hervor, schnappte gierig nach dem Leckerbissen.

Mutter, ihre gepanzerte Freundin über alles liebend, hatte stets ein wachsames Auge auf Susi. Ihre Behäbigkeit bedeutete aber keineswegs, dass Susi ein langweiliges Geschöpf war. Jedenfalls, gelang es ihr eines Tages aus dem Haus aus zu büxen. Nirgendwo konnten wir sie entdecken und Mutter war auf das Schlimmste gefasst. Wiesen und Felder rings ums Haus, machten es schier unmöglich, jemals wieder unsere gepanzerte Hausgenossin zu finden.

Aber Nachbars Dackel Wastl, machte das schier Unmögliche wahr.

Mit Herrchen spazieren, steckte er seine neugierige Nase in jedes Erdloch und dabei bekam er Susi zwischen die Fangzähne.

Wastl, ein brav erzogener und was noch seltener ist, ein folgsamer Dackel, brachte seinen Fund zu Herrchen und ließ die vermeintliche Beute vor dessen Füße fallen.

Mutter war überglücklich, dass unsere Susi wieder heil und gesund zu Hause war. Und Dackel Wastl war überglücklich, weil er eine Riesenknackwurst, die in Null Komma nix verputzt war, feierlich von Papa geschenkt bekam.

Im Herbst richteten wir, aus stabilem Holz, ausgelegt mit Heu, einen sicheren Winterunterschlupf.

Susi, genau wissend, wann es für sie Zeit wurde, zog sich dorthin zurück um ihren Winterschlaf zu halten.

In jener Zeit, war mein Bruder im Auftrag seiner Firma auf Montage in Indien. In

seinem letzten Brief, schrieb er, dass er leider keine Urlaubsgenehmigung bekommen hat und er wahrscheinlich erst im Februar wieder nach Hause kommen kann. Für uns war diese Nachricht sehr schwer zu verkraften, denn gerade in der besinnlichen Weihnachtszeit, umgeben von Wärme, selbstgebackenen Plätzchen und den im hellen Kerzenschein, mit bunt geschmückten Christbaumkugeln, erstrahlenden Tannenbaum, war es das höchste Glück, friedlich und gesund mit seinen Lieben vereint zu sein.

Spät abends, an diesem heiligen Abend, zog sich Mutter traurig in die Küche zurück, hielt den letzten Brief des Sohnes in Händen und weinte bittere Tränen. Gefangen in tiefen Mutterschmerz, vernahm sie plötzlich schwaches Scharren und Kratzen. Völlig unverständlich, weil noch nie zuvor geschehen, unterbrach Susi ihren Winterschlaf und ging in ihren behäbigen Schauckelgang zu Mutter und rieb ihr Köpfchen an Mutters Fuß. Mutters Tränen versiegten und ein frohes Gefühl erwärmte ihr Herz. War es denn nicht so, als wolle Susi ihr Trost spenden und ihr sagen, dass alles in Ordnung sei.

Im Nachhinein, viele Jahre später, fragen wir uns immer noch, ob Susi eine übersinnliche Antenne hatte und Mutter nicht nur trösten, sondern auch aufmerksam machen wollte.

Denn zwei Stunden später, stand unverhofft und völlig überraschend, weil er im letzten Moment doch noch Urlaub bekommen hat, mein Bruder vor der Tür.

Susi, dagegen, verweigerte die dargebotenen Leckerbissen und verschwand

wieder in ihrem Unterschlupf und fiel neuerlich in tiefen Winterschlaf. Genauso

leise, wie wir es von ihr gewohnt waren, kam sie im Frühjahr putzmunter aus ihrem Domizil, reckte ihr Köpfchen aus dem Panzer, sah sich neugierig um und fraß erst mal in aller Ruhe wie ein Scheunendrescher.

SCHÖNES GEHEIMNIS -

SÜßES GEHEIMNIS -

BÖSES GEHEIMNIS

Lautes, fröhliches Vogelgezwitscher und die ersten wärmenden Sonnenstrahlen in diesem Frühjahr, ließ die Kinder im Spielzimmer des Tageshortes noch ungeduldiger werden. Erzieherin Franziska hatte ihre liebe Not die quirlige Rasselbande zu beruhigen und beim anziehen aufzupassen dass die Mützchen die Köpfchen wärmten und nicht nur als Wurfgeschosse benutzt wurden. Bei zwölf Kindern keine leichte Aufgabe und so griff sie in die große Trickkiste. „ Aufgepasst; wenn ihr jetzt brav in Zweierreihen durch diese Tür in den Garten marschiert backen wir später alle zusammen ein süßes Geheimnis." Süßes Geheimnis in der Tat ein Zauberwort um zwölf Plappermäulchen für einen Augenblick still zu halten und artig durch die breite Verandatüre marschieren zu lassen.

Johannes, genannt Jolly gerade sechs Jahre alt geworden und mächtig stolz auf seine rotes Feuerwehrauto mit blinkendem Blaulicht und schriller Sirene, nahm die gleichaltrige Susanne an die Hand und ging mit ihr zielstrebig zum Sandkasten. Sandburgen zu bauen um sie danach mit dem Feuerwehrauto platt zu walzen machte den beiden mächtigen Spaß. Und natürlich hatte Jolly die Aufgaben gerecht verteilt. Susanne baute die Burg und Jolly machte sie mit Hurra wieder platt. Von Anbeginn ihrer Kindergartenzeit, waren die beiden dicke Freunde. Jolly beschützte Susanne vor rüden Buben oder er trocknete ihre Tränchen wenn sie sich das Knie aufschlug.

Vielleicht lag es daran, weil Jolly wusste, dass es in Susannes Elternhaus sehr streng und lieblos zuging.

Susannes Eltern, beide Lehrer waren der Ansicht dass die Kinder heute oft viel

zu frech und zu faul waren und deshalb achteten sie auf ihre Tochter ganz

besonders. Und obwohl sie erst sechs Jahre alt war, musste sie bereits viele Aufgaben übernehmen. Klavierstunden und Ballettunterricht wurden streng überwacht. Jolly wusste wie einsam sich Susanne oft fühlte und weil sie keine Geschwister hatte wurde Jolly halt zu ihren großen starken Bruder.

Jolly hatte in diesen Dingen viel Erfahrung, als einziger Junge bei drei

Schwestern wusste er, wie wichtig der große Bruder war. Seine Eltern achteten
darauf dass ihre Kinder frei und ungezwungen aufwuchsen und sie nahmen sich
stets Zeit auf die vielen Fragen zu antworten und nahmen die Sorgen ihrer
Kinder sehr ernst.

Gerade als Jolly die Sirene seines Feuerwehrautos anstellte, gesellte sich der gleichaltrige Claus zu ihnen und fragte. „ Darf ich auch mal Feuerwehrhauptmann spielen"?

„ Klaro, also hör zu, in der Burg sitzt ein böser Zündelmann und die Feuerwehr muss die schöne Königin vor ihm retten und deshalb zerstört sie die Burg."

„ Ich dachte die Feuerwehr löscht das Feuer mit Wasser und rettet so die Burg und die Königin", meinte Claus erstaunt.

„ Eigentlich schon, nuschelte Jolly, aber Susanne kann keine Tore bauen und deshalb muss ich die Burg platt machen um die Königin zu retten, Klaro!!"

„Klaro, lachte Claus nahm das Feuerwehrauto und walzte über die Sandburg.

Susanne rief quietschend: „ Falsche Richtung, soeben hast du die Königin verschüttet!!"

„ Hättest du das nicht früher sagen können, brummelte Claus beleidigt.

„ Mach dir nichts draus, tröstete Jolly. Mich hat Susanne auch schon oft damit reingelegt, weil sie immer ein Geheimnis daraus macht, wo sich die Königin gerade befindet."

„ Schon wieder ein Geheimnis, seufzte Claus und zog eine Schnute als hätte er in eine Zitrone gebissen. „ Was hast du gegen Geheimnisse. Wenn ich an das süße Geheimnis denke, knurrt mir jetzt schon der Bauch."

„ Wie viele Geheimnisse gibt es eigentlich", fragte Susanne scheu.

„ Och, überlegte Jolly, ich glaube viele. „ Ein süßes Geheimnis ist, wenn wir mit Franziska einen Kuchen backen und Franziska den Teig heimlich in eine Form gibt, die wir noch nicht kennen. Erst wenn der Kuchen fertig ist, lüftet sie

das süße Geheimnis und wir erfahren dann, ob es die Häschenform, oder

die Dinosaurierform oder die Herzchenform war. Dann gibt es schöne Geheimnisse. Ein schönes Geheimnis ist zum Beispiel, wenn ich mit Papa ein Geschenk für Mama kaufe und mich nicht verplappere und sie erst am Geburtstag erfährt was Papa und ich gekauft haben. Aber es gibt auch böse Geheimnisse, erklärte Jolly nun ganz leise. „Und was sind böse Geheimnisse, fragten Susanne und Claus fast gleichzeitig. „Mein Papa hat mir das so erklärt: Wenn du zum Beispiel siehst, wie ein anderer Junge im Geschäft einen Kaugummi klaut und er sagt zu dir. Du hast gesehen wie ich den Kaugummi geklaut habe und wenn du mich jetzt verrätst, glaubt dir sowieso keiner und jeder denkt du hast genauso gerne geklaut wie ich. Wenn es aber unser Geheimnis bleibt, erfährt es niemand und so kann uns auch niemand ausschimpfen oder bestrafen. Genauso entsteht ein böses Geheimnis, denn es macht dir überhaupt keine Freude und du hast immer ein schlechtes Gewissen."

Mucksmäuschenstill hatten Susanne und Claus zugehört. Gedanken verloren nahm Claus ein Hand voll Sand und ließ ihn langsam durch die gespreizten Finger rieseln. „ Böse Geheimnisse sind blöde"!

„ Böse Geheimnisse sind doof und tun weh, schimpfte Susanne und bohrte ihre Faust tief in den Sand. Jolly, die beiden erstaunt ansehend nickte.

„ Richtig und deshalb sagt mein Papa, wenn man von einem bösen Geheimnis weiß, soll man es sagen", „ Ja, aber wem soll man es sagen", fragten Claus und Susanne fast gleichzeitig. „ Papa, sagt entweder den Eltern oder guten Freunden." „ Hm, überlegte Claus, du bist doch unser guter Freund. Oder?"

„ Natürlich!!" „ Jolly, ich glaub ich habe so ein böses Geheimnis. Zusammen mit meinem Onkel!" „ Was, hat der etwa Kaugummi geklaut, fragte Susanne mit großen erstaunten Augen. „ Nein, der kann gar keinen Kaugummi kauen, weil ihm sonst sein Falschgebiß zusammenpappt. Eeehrlich, das hab ich selbst gesehen

als ich ihm mal einen geschenkt hab!!"

Jolly, für sein Alter schon sehr klug und einfühlsam, spürte dass Claus etwas viel schlimmeres bedrückte und deshalb unterbrach er Susannes albernes Kichern und schaute Claus ernst an. „ Sag schon was dich bedrückt und wenn ich kann werde ich dir sicherlich helfen."

„ Mein Onkel, der mit den falschen Beißerchen, ist eigentlich sehr nett. Aber er hat auch ein sehr doofes Spiel erfunden. Als ich vor kurzem bei ihm bei Besuch war und auf die Toilette musste, wollte er unbedingt mitkommen um meinen Pullermann zu halten. Und als ich ihm sagte, dass ich das schon alleine kann, wollte er es trotzdem tun. Ganz komisch ist er dabei geworden und seitdem will er immer mit meinem Pullermann spielen. Und wenn ich nicht will sagt er: „ Wenn wir dieses Spiel nicht weiter spielen wird dein Pullermann ganz krank. Außerdem gefällt es deinem Pullermann wenn wir dieses Geheimnis haben und deshalb darfst du es auch nie jemanden erzählen."

Jolly, dem seine Papa auch von solchen Geheimnissen erzählt hatte, wollte gerade etwas sagen, als Susanne zaghaft flüsterte: „ Ich glaub ich hab auch so ein böses Geheimnis. Mein Ballettlehrer zieht mir immer mein Ballettkostümchen aus und spielt an meinem Pipimacher. Und wenn ich sage, ich will das nicht weil es mir auch wehtut, lacht er nur. Solltest du unser Geheimnis je verraten wird deiner Mami etwas sehr schreckliches passieren und außerdem glaubt dir sowieso keiner. Jolly, glaubst du mir?" Jolly zeigte sich nun wirklich als wahrer Freund. „ Natürlich glaube ich euch. Heute Abend holt mich mein Papa ab und dann werden wir ihm alles erzählen. Ihr werdet sehen dass er uns hilft euer böses Geheimnis zu lüften. Er weiß was wir machen müssen, dass ihr wieder froh werdet und ein gutes Gewissen habt. Glaubt mir, keiner muss mit einem bösen Geheimnis leben. Claus Onkel und Susannes Ballettlehrer haben euch Angst gemacht und deshalb konnten sie euch dazu bringen dieses böse Geheimnis

nicht zu verraten aber irgendwie gibt es immer einen Ausweg.

Los, wir drei holen jetzt ganz tief Luft und danach sind wir toll mutig und erzählen alles was der Onkel und der Ballettlehrer gesagt und getan haben.

198

Abschied

von der Mutter

Am 24. September, jährt sich zum dreizehnten Mal der Tag, an dem wir endgültig Abschied von unserer Mama nehmen mussten. Dreizehn Jahre und trotzdem fehlt sie mir jeden einzelnen Tag. In ganz stillen Minuten glaube ich, ihr herzliches Lachen und ihre geliebte Stimme zu hören.

Sie hatte weiß Gott kein leichtes Leben, vergleichbar mit einer Achterbahn gab es unzählige Höhen und Tiefen die sie allesamt mit Bravour und einer Portion, wenn auch ab und an mit Galgenhumor.

Sie hatte zwölf Brüder und Schwester und zu allen hatte sie ein herzliches Verhältnis und war irgendeiner in Not stand sie immer tatkräftig zur Seite.

Noch heute höre ich von deren Kindern, ja die Tante war ein sehr lieber und treuer Begleiter und selbst bei ihren Freunden hörte man nur Achtung und liebevolles Erinnern an sie.

ihr achtziger Geburtstag stand unter einem besonderen Stern. Vor allem aber waren es die ersten Anzeichen, dass ihr Alter sich sehr nachhaltig bemerkbar machte!!

Ohne ersichtlichen Grund, fiel sie auf den Boden, in kurze nur Sekunden dauernde Ohnmacht, aber die Auswirkungen waren enorm. Im Krankenhaus wurde eine massive Herzschwäche festgestellt und ein Herzschrittmacher sollte das Problem in den Griff bekommen. Mutter bestand aber darauf zuvor ihren achtzigsten Geburtstag feiern zu wollen.

Bei ihrem letzten Zusammenbruch fiel sie auf den
Pflasterboden und ihr zerschundenes Gesicht erinnerte stark an
einen verlorenen Boxkampf.

Um meine unsägliche Angst um sie überspielend, rettete ich
mich in meine Schnoddrigkeit und meinte nur. " Um die Kosten
für eine Schönheitsoperation zu sparen scheuerst du mit
deinem Gesicht lieber das Pflaster vor dem Haus"!!

Blaues Auge zerschrammte Stirn und Wangen, saß sie auf dem
Ehrenplatz und begrüßte huldvoll ihre zahlreichen Gäste.

Ehrlich ich konnte mir eine kleine Bosheit nicht verkneifen und
übergab ihr folgende Geburtstagsrede:

" Lange hat es gedauert, bis wir uns daran gewöhnt haben,
dass Du als kleiner Hausdrache durch die Bude fegst.

Brav sagten wir stets, Ja Mama, taten immer was du befohlen
Ein zartes Flüstern genügte und wir standen stramm, Gewehr
bei Fuß

Was willst Du mehr? Willst Du wirklich vom Haus - zum
Flugdrachen werden??

Nein jetzt reichts!!

Nur brave Flugdrachen können fliegen,

Hausdrachen dagegen dürfen ungestraft ihre Familie auf Trab
halten.

Als Trost sei Dir von Deinen Kindern gesagt

Lieber einen Hausdrachen im Lehnstuhl

Als einen zerschrammten und verbeulten Flugdrachen auf dem

Pflaster vor dem Haus!!

Mamas Geburtstag war ein wunderschöner Tag, die Operation

verlief erfolgreich und ihr Herzschrittmacher funktionierte und

bescherte ihr noch viele Jahre in bester Gesundheit im Kreise

Ihrer Familie.

Eisige Wehnachtsfeier

Im Oktober beginnt die stressigste Zeit im Jahr. Plätzchen backen im Akkord, ab und zu bekommt man das Gefühl, die ganze Stadt will versorgt werden. Die Außendekoration im Garten mit Lichterketten Rentierschlitten und leuchtende Schneemänner verzaubern die Winterlandschaft in helles Licht. So war es wenigstens gedacht als Anton Freund Horst den Befehl gab. " Nun leg den Schalter um und lass es leuchten." Ein lauter Knall und aus unserem Stromkasten verkündete ein dunkle Rauchwolke Kurzschluss!!

Elektromeister Blitzemann kam sofort und der neue Schaltkasten war in Null Komma nix eingebaut und die saftige Rechnung wurde uns mit freudigen grinsen mit den Worten: "Frohe Weihnachten auch noch" überreicht.

Sechs Tage, vor Weihnachten wurde unsere zwei Meter hohe Edeltanne geliefert. Normal gedacht, müsste die Tanne sicher in der trockenen Garage gelagert werden. Aber was ist schon normal, wenn ein Mann abwägen muss, Tanne neben fast neuem Auto?? Logisch dass Auto gewinnt und die Tanne vor !! die Garage gestellt wird.

Dumm nur, dass drei Tage später der Schneefall in Eisregen umschlägt und Tanne der Witterung schutzlos ausgeliefert war. Die grünen Zweige, waren nun mit einer dicken Eisschicht überzogen.

Helga, sehnte sich nach einer Ruhepause und beschloss, fünf Freundinnen zu einer gemütlichen Weihnachtsfeier einzuladen. Die

Betonung lag auf gemütlich. Eigentlich??!!

Als die Damenrunde gerade ihre erste Tasse Kaffee genießen wollte, trat Anton in Aktion. Helga ahnte Übles, Voller Tatendrang, bugsierte Anton den total vereisten Tannenbaum ins Wohnzimmer. Helga schnappte verzweifelt nach Luft, traute ihren Augen kaum und sah hilflos, auf das sich anbahnende Chaos. Wärme plus Eis hieß nahende

Überschwemmung auf Parkett und Teppich.

Anton schritt sofort zur Tat, und scheuchte die Damen wie aufgescheuchte Hühner durch die Wohnung. "Schnell holt sämtliche Handtücher, Plastiktüten und sonst alles, was man zum trocknen benutzen kann."

Helga schwankte zwischen Verzweiflung und Mordgelüsten hin und her.

Abends, als der Tannenbaum im Christbaumständer stand und das gröbste geputzt und getrocknet war, saß Helga total erschöpft am Küchentisch. Plötzlich, vernahm sie aus dem Wohnzimmer lautes lachen. Wobei Anton Hände klatschend vor Horst mit seiner Glanzleistung prahlte. " Du kannst Dir gar nicht vorstellen welchen Flitzegang die Damen an den Tag legten. Mann ich hätte mich kugeln können"!!

Helga flüstere empört. " Das hatte er mit purer Absicht getan,

das schrie nach Rache und die bekam er prompt. Am nächsten Morgen

beim Frühstück, nach einer Tasse Tee, sprang er blitzartig hoch

und entschwand mit hurtigem Flitzegang im stillen Örtchen.

Helga dagegen blieb seelenruhig sitzen und grinste. " So etwas

nennt man innere Reinigung ein Tröpfchen Abführmittel genügt

und die nächste Weihnachtsfeier, wird nicht mehr vereist"!!

Licht am Ende des Tunnels

Dunkelheit gibt mir den Anschein meines Lebens.

Zerbrechendes Licht, Ausdruck meines zerbrochenen

Seins.

Stille der Finsternis, die stummen Schreie meines

unendlichen Schmerzes.

Die Kälte der Nacht, vertreibt den Hauch Wärme der

sich noch in mir verbirgt.

Kraftvolles Wiegen, saftiger grüner Zweige im Wind,

zeigen mir mein eigenes kraftloses Schwanken,

unsicherer

und unruhiger Bewegungen meiner Glieder

Helle, wärmende Strahlen der Sonne,

Inbegriff des Lebens, des Seins,

lassen mich zitternd frierend, meine eigene

Gelähmtheit spüren.

Frischer Wind, schnürt mich in stählernes Korsett,

wage nicht zu atmen, kann nicht atmen.

Und doch möchte ich gierig, die reine Luft in meinen

Lungen spüren.

Gierig die pure Lebenskraft aufsaugen und spüren,

wie sie sich in meinen gequälten Körper verteilt,

den Schmerz in Lust verwandeln.

Das Stolpern meines Herzens, soll Ausdruck der

Freude,

nicht der Lebensangst werden.

Und zerrende Kälte verwandle sich in wohlige Wärme,

die mich von oben bis unten,

von innen nach außen durchdringt.

Meine leeren, von Trauer schon gebrochene Augen,

sollen mit der Sonne

um die Wette strahlen.

Und meine Stimme, müde, jammernd, klagend,

soll kräftig, freudig mit den Vögeln zwitschern.

Habe ich mich wirklich so verloren??????

Nein niemals

Denn Heute, nach vielen Tagen der

Trauer,

Erstrahlt die Sonne in meinem Herzen

Denn die Stimme der

Liebe,

hat mich Gefunden!!

Unsere Hunde sind auch nur Menschen

Bei meinem Besuch bei Frau Lange, die sich ein kleines Tierparadies aufgebaut hatte, durfte ich mir in der Scheune vier kleine schwarz - fellige Welpen mit ihrer Mutter betrachten. Ein Weibchen und drei Männchen eines Zauberhafter als das andere. Auf meine Frage wer denn der Papa sei, lachte Frau Lange und meinte nur, die vier sind eine sogenannte Wald - und Wiesen Mischung und genau das, macht sie so einmalig.

Wo die Frau recht hat, hat sie recht. Ich jedenfalls war schock verliebt.

Ich war erst fast zwei Jahre verheiratete und unsere Tochter war gerade mal vierzehn Monate alt, als ich meinen Mann von den vier Kleinen erzählte war er wie ich sofort Feuer und Flamme und was kann es schöneres geben, als dass ein Kind mit einem kleinen Hund gemeinsam aufwachsen durfte. Nach neun Wochen und vielen Besuchen in der Scheune durften wir unser kleines Weibchen, das wir wegen dessen großen Rehaugen "Bambi" nannten mit nach Hause nehmen.

Was, wir bald lernen mussten, wenn einen Bambi anstrahlte dachte man:

"Diese kleine Kraule - Maus könnte kein Wässerchen trüben, aber kaum drehte man sich um, gab`s gar manches Mal ein schauriges erwachen."

Unser Töchterchen liebte ihren Schnuller und wehe er war nicht gleich parat, eine Feuerwehrsirene war ein Glöckchen dagegen. Bambi nicht

gerade dumm, hatte schnell den Trick heraus wie man den Schnuller klaut und sie schaffte es sogar, den akkurat richtig in ihre Schnauze zu nehmen.

Ehrlich, bei diesem Anblick ernst zu bleiben war nicht gerade leicht. Bambi wie bereits beschrieben, schwarzes leicht gewelltes Fell, der Körper erinnerte mitsamt den kurzen Pfoten stark an einen Dackel, die längeren Schlappohren streiften fast den Boden und zwischen ihren Beißerchen baumelte nun der weiße Schnuller. Kurze zeit später, suchte ich unseren neuen Hausbewohner und fand ihn friedlich schlafen im geöffneten Kochtopfschrank in der schwarzen Bratrain. Des Rätsel Lösung, unser Töchterchen konnte von Bambi nicht genug bekommen und wenn die Wuschelmaus vom vielen spielen im wahrsten Sinne hundemüde war suchte sie sich einen sicheren Ort vor unserer Tochter. Sonnenklar, Bambi braucht ein Hundekörbchen mit bequemen Federkissen. Nach drei Wochen war Körbchen zerknabbert und das Federkissen verwandelte meine Küche in eine Winterlandschaft. Selbst nach gründlicher Reinigung fand ich Wochen in versteckten Ecken immer noch einige verstreute Bettfedern, was mich an das ewige Ärgernis mit den Weihnachts - Tannenbäume erinnerte. Nach dem Fest putzt und saugt man die ganze Wohnung um doch im nächsten Jahr, oft in den Ritzen der Couch vertrocknete Tannennadeln vom letzten Jahr zu finden.

Zu Bambis Unarten gehörte, zu klauen wie ein Rabe, erwischte man sie in

flagranti und schimpfte, bekam an den unschuldigsten Klageblick, der

selbst einen Eisberg zum schmelzen brachte. unbemerkt stinkende, leise Pupse (Sogenannte Stinkbomben), die den stärksten in die Flucht trieben wurden natürlich mit fragenden Unschuldsblick, (was habt ihr den Alle) beantwortet. Bei sämtlichen Lernübungen konnte sie ihre Schlappohren auf Durchzug schalten und wenn ihr was nicht passte, hatte ich oft das Gefühl dass gleich eine Rauchfahne aus ihren Sturkopf qualmte. Ansonsten, liebte sie unser Töchterchen, ließ sie keinen Augenblick aus den Augen und genoss unsere Streicheleinheiten. Fast fünfzehn Jahre, durften wir viele Höhen und Tiefen mit ihr erleben und als der Tag des Abschieds kam, schlief sie friedlich in meinen Armen ein.

Schreibblockade

Dialogsprobleme

Bleistift gespitzt, Aschenbecher neben mir und ein blendend, weißes Blatt Papier. Was braucht eine Schriftstellerin mehr. Eine zündende Idee!!

Und genau damit hapert es. Das leere Blatt Papier, scheint mich höhnisch an zu grinsen und der Bleistift zwischen meinen Fingern, klopft im Takt auf die hölzerne, ebene Schreibtischplatte. Mitten in diese nerven aufreibende, durcheinander wirbelnde diffuse Gedankenwelt, platzt mit ungestümen Temperament die lachende, lästernde Stimme von Erika, meiner besten Freundin. " Stör ich??" Mein gebrummeltes, " Immer" wird kurzerhand überhört.

Du hast dein verhuschtes Fragezeichengesicht, also geh ich recht in der Annahme: Eine neue Geschichte ist im Anmarsch!!

"Schön wäre es: Nix geht, rein gar nix. Ich habe eine Schreibblockade mit riesigen Frustpotenzial mitsamt Dialogsproblem was die Sache noch tragischer macht. Wenn ich dich nicht so gut kennen würde, bekäme ich fast Mitleid. Aber genau dieses, habe ich schon xmal mit dir erlebt, worauf eine Stunde später eine wahrer

Springbrunnen aus Sätzen und Wortsalven aus

deinem

Bleistift aufs Papier sprudelten!!

Das plumpsende Geräusch auf meinen bequemen

Korb - innen mit kuscheligem Polster ausgelegten

Denkerstuhl, verriet mir Erika hatte sich häuslich

nieder gelassen. "Na komm schon erzähl mir wohin

dich dieses Mal deine Schreibwut entführt; Krimi oder

erotischer Liebesroman??"

"Von wegen blühender Fantasie, gähnende Leere

herrscht in meinen

Gehirnwindungen"

Nun musste ich doch lachen." Erotischer

Liebesroman, dass, könnte dir so passen. Ein Ritter in

goldener Rüstung auf seinem weißen Schimmel rettet

die liebe Erika aus den Fängen der faden Bürotippse

und entführt sie mit innigen Küssen und

leidenschaftlicher Umarmung aus ödem Alltag. " Pass

auf gleich leg ich dir einen Schmalztopf unter meinen Denkerstuhl ."

" Bist du gemein, lass mir doch meine Träume: Nicht jeder kann mit einem Horrorkrimi ins Bett gehen und sämtliche Feinde ob real oder nur solche die dich geärgert haben bestialisch meucheln."

"Besser in Buchform als im wirklichen Leben," gab ich schnippisch zurück.

Erikas Blick, zeigte ihre Sehnsucht nach der wahren Liebe, es musste kein Ritter sein, aber ein Mensch, der sie wirklich liebte .

Nachdem Erika längst wieder gegangen war, saß ich am Schreibtisch und wie sie vorher gesagt hatte kam mir plötzlich die Idee und mein Bleistift flitzte nur so über das weiße Blatt Papier und innerhalb vier Wochen hatte ich einen Liebesroman geschrieben. Aber was noch schöner war. Als Erika meinen neuen Lektor kennenlernte funkte es sofort und bei Erscheinen des Buches wurde auch Verlobung zwischen Lektor und Erika gefeiert und dass ganz

ohne weißen Schimmel und ohne goldene
Ritterrüstung, aber dafür mit sehr viel Herz.

KINDER - PHANTASIEN

Mutter, wie immer in Eile und in Gedanken bei der längst überfälligen Stromrechnung, hob klein Gerda aus dem Waschzuber, stellte sie auf den Küchentisch und rubbelte sie mit dem Handtuch trocken. Als Mutter Klein Gerda zwischen den Beinen rubbelte, krähte die Dreijährige: „ Das macht Onkel Emil auch immer und der ist auch so grob!!" Mutter stutzte einen Augenblick bevor sie weiter rubbelnd murrte: „ Kind was sprichst du da nur wieder. Deine Phantasie ist wirklich unerschöpflich. Komm, jetzt lass dich endlich anziehen in einer Stunde muss ich zur Arbeit und dich zuvor noch bei Tante Helga abliefern."

Brav trippelte Klein Gerda an der Hand ihrer Mutter und begrüßte mit einem dicken Wangen - Küsschen ihre Tante Helga, wobei ihre Kinderaugen auf die geschlossene seitliche Zimmertür starrten. Hinter dieser Türe schlief Onkel Emil und er durfte nie vor acht Uhr morgens geweckt werden. Jetzt war es sieben Uhr und das bedeutete eine Stunde lang mucksmäuschenstill zu sein. Zu Hause brauchte klein Gerda nie still zu sein. Im Gegenteil, Papi freute sich riesig wenn sein kleiner Wirbelwind mit Indianergeheul auf seinen Schoß stürmte, sich fest an seine Brust kuschelte und nach Herzenslust mit ihm knuddelte. Aber Papa war ja fast nie zu Hause und wenn klein Gerda vor Sehnsucht bittere Tränen weinte, erklärte Mami, dass Papi im fernen Heidelberg Geld verdienen musste, aber sicher „bald" wieder nach Hause komme. Klein Gerda wusste nicht was das Wort „bald" bedeutete nur ihre Phantasie sagte ihr, „bald" war unendlich lange und ihr kleines Herz pochte laut und tat ziemlich weh, wenn sie das Wort bald hörte. Onkel Emil war auch lieb, aber ganz anders als Papi. Onkel Emil drückte klein Gerda auch, aber anders, er drückte und schnaufte dabei wie ein wilder Bär und wenn er klein Gerda kitzelte, kitzelte er auch anders als Papi. Onkel Emil sagte kitzeln, aber er rubbelte zwischen ihren Beinen und je mehr er rubbelte desto mehr schnaufte er und desto grober rubbelte er. Nein, Onkel Emil war ganz anders als Papi und

obwohl klein Gerda Onkel Emils Schmusespiel nicht gefiel, hielt sie brav still weil Mami sagte.

„ Du hast zuviel Phantasie und außerdem musst du bei Tante Helga und Onkel Emil ein ganz braves Mädchen sein, sonst wollen sie nicht mehr auf dich aufpassen und ich könnte nicht mehr zur Arbeit gehen. Und weil kleine Gerda ihre Mami ganz toll lieb hatte, blieb sie brav, nur ab und zu versuchte sie zu sagen, dass ihr Onkel Emil weh tat. Aber immer wenn sie sprach, hieß es sie solle nicht soviel phantasieren. Sie phantasierte, dass sie jahrelang Schmerzen beim Wasser lassen hatte. Unzählige gelbe Pillen und heiße Dampfbäder beruhigten ihre Phantasie und linderten den Schmerz. Erst viele

Jahre später, nach der Geburt ihrer Tochter vergingen die Schmerzen und kamen nie wieder. In der Schule konnte sie nie still sitzen und ihre Konzentration verflog so schnell wie Rauch im Wind.

„ Gerda, wenn du nur träumst und nicht brav lernst, wird nie etwas aus dir und du bleibst ewig dumm." Doch die Phantasie war stärker, Gerda konnte nirgends ruhig bleiben, wie ein Tier auf der Flucht, suchte sie nach Schutz, Schutz vor ihrer Phantasie. Sie suchte Schutz, Vertrauen und Zuneigung. Ihr anderer Onkel Willi dreizehn Jahre älter als sie, unterstützte ihre Phantasie. Wenn sie eine Schulaufgabe nicht verstand, gab's Kopfnüsse. „ Schau wie dumm du bist. Du bist nichts wert, wenn du so blöde bist." Mit Freude erzählte er ihr des Nachts die schlimmsten Gruselgeschichten und wenn sie vor Furcht weinte, lachte er und sagte. „ Siehst du, nur dumme Phantasievolle Mädchen glauben die Geschichten. Oft, wenn er Langeweile hatte, probierte er aus wie lange es Gerda unter einem Kopfkissen aushielt ohne zu ersticken. Ihr zappeln und schreien ging in japsendes keuchen über, als er triumphierend endlich das Kissen vom hochrotem Kinderkopf nahm. Als Gerda weinend zu Mama lief, rief ihr Onkel Willi:„ Nie wäre sie erstickt, ich hab ja aufgepasst. Sie phantasiert halt wieder mal." Dank dieser Phantasie ertrug Gerda niemals wieder enge Halsketten oder einen Schal um den

Hals. Lag irgendetwas auf Nase und Mund, so hielt sie krampfhaft die Luft an.

Mit einundzwanzig war sie Mutter und Ehefrau und endlich glaubte sie ihre Flucht wäre zu Ende. Endlich würde sie Schutz, Vertrauen und Liebe finden, dies alles gaukelte ihr ihre Phantasie vor.

Als ihr Vater starb, sprach sie zum ersten Mal wieder über ihre Phantasien.

Sie erzählte von Onkel Emils Spiele. Und sie hörte, dass viele wussten dass Onkel Emil gerne mit kleinen Mädchen spielte, aber dass er auch mit dir spielte, das hätten sie nie geglaubt. Schließlich bist du ein Mitglied der Familie und er ein hoch dekorierter Major a. D.

Aus klein Gerda wurde nun endgültig die Erwachsene Gerda und als ihr bewusst wurde, dass ihre Phantasie doch Realität, viel schlimmer noch von anderen eine wohl wissend vertuschte Realität war, brach endgültig eine Welt für sie zusammen. Viele Jahre hinweg konnte sie sich im Schutz ihrer Phantasie vorstellen, dass es niemand ahnte und wusste und ihr deshalb auch niemand half. Doch die Realität zeigte ihr, dass sie niemand verstand, weil niemand verstehen wollte. Es glaubte keiner ihren kindlichen Worten, weil ihr keiner glauben wollte. Es half keiner, weil keiner wirklich helfen wollte. So hieß es immer: Klein Gerdas Phantasie ist halt unerschöpflich. Die

Erwachsene Gerda musste nun erkennen, dass die Realität zerstörerischer sein kann, als jede kindliche Phantasie. Und dieses Erkennen, ließ Gerda zerbrechen, ihre wie Unkraut zerstörte Seele und ihr Körper schrien nach Hilfe. Fürchtete sie sich als Kind, ließ sie in ihrer Phantasie kleine Schutzengel erscheinen, brav wie sie es von Mama gelernt hatte, faltete sie die Händchen und betete. Jetzt, als Erwachsene, erfasste sie Todesangst am helllichten Tage. Rasender Herzschlag ließ sie schwindelig auf wackeligen Beinen durch die vertrauten Straßen gehen. Ihre Brust schien immer enger zu werden und jeder Atemzug verstärkte das Gefühl Ersticken zu müssen. Mit jedem Tag verlor

sie immer mehr an Lebenskraft und Lebensenergie und wieder musste sie sich wehren wenn es hieß. „ Gerda, reiß dich zusammen dies alles entspringt nur deiner unerschöpflichen Phantasie."

Danke!

An All jene Seelenmenschen, die mir in Freundschaft
und Liebe begegnet sind, die in tiefer Verbundenheit
mein ganzes Leben begleitet haben, mich vieles
gelehrt, mich stets beschützt, jeden Tag mit ihrer
Geduld und Freude bereichert, mit mir durch viele
Täler des Leides gegangen, mich getragen und durch
geführt haben. Die mit mir zusammen gelacht und
geweint haben, die bis zu ihren Abschied, stets Seit an
Seit mit mir gegangen sind. Wie glücklich kann ich
mich schätzen mit diesen Herzensmenschen mein
Leben lang in tiefster Liebe und Erinnerung verbunden
bleiben zu dürfen.

"So fing alles an…"

Mit Fantasie, Zeilen und Worte fing alles an um mit Humor dem

Leben, die genügende Würze einzuhauchen.

Eva Ilona Dancs